이야기꾼 미로

이야기꾼 미로

천세진 장편소설

교유서가

차례

1부

1. 어느 사건에 대한 기록

사건이 일어나기 전날 외삼촌 집으로 갔다. 외삼촌은 인사를 하는 나를 쳐다보지도 않은 채 "어, 왔냐" 하고 건성으로 대답한 뒤 TV만 뚫어지게 보았는데, 미국 국방부에서 UFO 영상들 중에 진짜 UFO가 있다고 발표했다는 내용이었다.

외삼촌의 반응은 평소와 같았지만, 그날은 왠지 좀 서운해서 "뭐 대단한 뉴스야?" 하고 물었다. 'UFO덕후'인 외삼촌은 아주 중요한 뉴스라고 말했다. 그동안 미국이 '비행훈련이었다', '빛의 굴절이 만든 집단착시였다', '애드벌룬이었다', '드론이었다'라며 온갖 핑계를 댔는데, 핑계가 더는 먹히지 않아서 고심 끝에 나온 '절망적 실토'라고 말했다.

절망적 실토라고? 외삼촌은 가끔 이해하기 어려운 단어를 쓴다. 무명작가라서 그런가? 유명한 작가들도 그런 말을 쓸까? 솔직히 책을 잘 읽지 않아서 모르지만, 믿음이 가지 않았다. 외삼촌 말을 들으면 항상 의심이 든다.

외삼촌은 좀 이상하다. 생각해보면 정상으로 보인 적이 드물었다. 한번은 상상력에 대해 말했는데, 수학적 상상력과 과학적 상상력은 다른 거라고 했다. 엄마 얘기로는 외삼촌은 학교 다닐 때 수학과 과학을 몹시 싫어했다는데, 그토록 싫어했다는 수학과 과학의 상상력을 얘기하는 게 우스웠다. 당연히 의심할 수밖에 없다.

그때 외삼촌은 '에펠탑'은 수학적 상상력과 과학적 상상력 사이에서 엉거주춤 똥 싸는 자세를 취한 거라고 했다. 파리에 가보진 않았지만, 사진과 TV로 본 에펠탑이 똥 싸는 폼을 잡고 있다는 생각은 들지 않았는데, 도대체 수학과 과학 사이에서 똥 싸는 자세란 뭘까? 당랑권 자세일까?

얼마 전에 중국의 무술 고수가 아마추어 격투기 선수하고 맞붙었는데, 무릎을 구부리고 양팔을 벌렸다가 모아서 비틀며 온갖 폼을 다 잡았다. 한참 자세를 잡던 무술 고수는 경기가 시작되자마자 폼도 안 잡고 있던 아마추어 격투기 선수한테 두들겨맞고 기절했다. 몇 방 맞지도 않았다. 딱 세 방이었다!

기절했다가 깨어난 고수는, 자기가 손만 뻗어도 격투기 선수가 죽을까봐 그랬다고 했다. 그럼 뭐하러 무술을 하는 걸까?

고수여도 두들겨맞고, 안 배워도 두들겨맞으면 돈이라도 아껴야 하는 거 아닐까? 차라리 그 돈으로 '던전앤파이터'나 사는 게 낫지 않을까? 아무튼 그렇다는 거다.

사건이 일어나기 이틀 전에 엄마랑 한바탕했다. 모의고사를 봤는데, 수리영역 성적이 형편없었다. 아빠는 성적표를 보고 키득키득 웃었는데, 엄마는 화를 냈다. 솔직히 이해가 되지 않았다. 수리영역 성적은 평소와 다름없었다. 초등학교 시절부터 그쪽 영역은 거리가 먼 세계였다. 나도 그 세계를 모른 척했지만, 그 세계도 나를 추종자 목록에 올려놓지 않았다. 나와 수학, 과학이 서로 모른 척하며 지낸 긴 역사를 엄마는 두 눈 뜨고 지켜보았다. 가끔 눈을 감고 씩씩거리는 때도 있었지만.

싹수가 노란 내 수리영역 성적을 오랫동안 지켜보며, 기대하지 말자는 결심을 다졌던 엄마가 왜 느닷없이 일관성을 버리고 화를 냈는지 모르겠다. 아빠처럼 일관성 있게 키득키득하면 훨씬 좋았을 텐데.

어쨌든 굉장히 억울한 기분이 들어서 외삼촌 집에 가겠다고 카톡 메시지를 남겨놓고 학교가 끝나는 대로 실행에 옮겼다. 엄마는 답을 하지 않았다. 뭐, 상관없다! 그건 일관성이 있으니까.

사정 이야기를 듣더니 외삼촌도 엄마가 일관성 없이 행동했다는 걸 인정했다. 사람은 일관성이 있어야 한다! 수리영역에서 엉금엉금 기던—다른 영역을 잘한다는 건 아니다. 오해하지 않기를—내가 갑자기 만점이라도 맞게 되면 얼마나 큰 사건이 벌어지겠는가! 우리 반 녀석들뿐만 아니라 전교생이, 아니 전국의 고2들이 모두 한 등씩 뒤로 밀려나야 한다. 사건의 파장은 거기에서 그치지 않는다. 나 때문에 어느 녀석은 대학 입시 탈락의 고배를 마셔야 한다. 그런 일은 막아야 한다. 그건 예상을 벗어난 사건이다! 너무 나갔나? 아무튼 그렇다는 거다.

엄마에게 서운함을 느낀 이유는 그것뿐만이 아니다. 내가 외삼촌을 닮아서 이상하다는 거였다. 외삼촌이 이상한 건 나도 안다. 같은 부모에게서 태어난 엄마가 그렇게 말할 정도면 외삼촌은 엄청 이상한 사람이다. 하지만 엄마가 나를 낳아놓고 외삼촌을 닮았다고 하면 안 된다. 외삼촌은 외할머니가 낳았다—물론 엄마도 낳았지만. 그럼 외할머니가 문젠가? 이미 돌아가셨으니까 물어볼 수도 없다. 아무튼 그렇다는 거다.

내 인생이 엉뚱한 곳으로 가고 있다고 엄마가 나를 비난하는 거라면, 그건 내 잘못이 아니다. 고작 열한 살짜리에게 『아라비안나이트』를 선물한 엄마 아빠에게 전적으로 책임이 있다. 『아라비안나이트』가 뭐가 문제냐고? 『아라비안나이트』는 아무 문제가 없다. 다만 그때 받은 『아라비안나이트』가 문고판이 아니라, 완역판이었다는 거다.

내가 엉뚱한 길로 가기를 바란 게 아니라면, 엄마 아빠는 『아라비안나이트』를 읽지 않은 게 분명하다. 어른들은 아이들이 세상을 모두 알아야 할 필요는 없다고 말한다. 그런데 엄마 아빠는 본인들은 읽지도 않은 세계를 나한테 떠넘겼다. 그러고는 이해하지 못하겠다는 눈빛으로 나를 바라본다. 진짜 억울하다!

외삼촌을 비난하는 건 아니다. 어쨌든 하나뿐인 외삼촌이다. '외' 자를 빼도 그렇다. 아빠는 외동아들이다. 아빠가 태어났던 시대에는 '외동아들'이 천연기념물 같은 거였다고 했다. 나도 외동아들이지만, 천연기념물은 아니다. 우리 반에만 해도 외동아들이 셋이나 된다. 그 녀석들을 보면 내가 얼마나 형편없는 취급을 받는지 알 수 있다. 그 녀석들은 용돈을 나보다 다섯 배나 더 많이 받는다. 분명 뭔가 잘못됐다. 엄마 아빠가 나를 대하는 걸 보면 내가 천연기념물은커녕, 한때는 평화를 상징하며 사랑받다가 '유해조수'로 신분이 추락한 비둘기 같은 신세가 된 느낌이다. 엄마 아빠에게 평화의 상징이었던 때가 내게도 있기는 했을까? 아무튼 뭐, 그렇다는 거다.

이런 얘기를 하려던 건 아니다. 갑자기 일어난 사건 때문에 정신이 없어서 엉뚱한 얘기를 했다. '미로'를 만난 사건을 설명해야 하는데 어디서부터 시작해야 할지 몰라서 그랬다. 느닷없이 하늘에서 별똥별이 떨어졌는데, 놀라운 속도로 떨어진 게 아니라, 민들레 홀씨처럼 하늘하늘 내려앉은 듯한 이상한 사건이었다.

세상에는 늘 평범한 상상을 벗어난 이상한 일들이 벌어지지만, 나와 외삼촌이 겪은 일은 그중에서도 이상한 일이었다. 사건이 일어난 지 벌써 몇 달이 지났지만, 아직도 길고 이상한 꿈을 꾼 것 같은 의심이 든다.

엄마에게 당하고 외삼촌 집에 갔던 다음날은 토요일이어서, 아침 일찍 외삼촌하고 전북도립미술관 뒤편 모악산으로 산책을 갔다. 낮과 밤의 기온 차이가 심한 봄 날씨 때문에 그날 아침 유난히 짙은 안개가 끼어 있었다.

미술관 근처뿐만 아니라 윈편 상학마을에도 안개가 자주 낀다. 마을 아래에 있는 커다란 구이호수 때문인 것 같다. 외삼촌은 상학마을로 이사온 직후 글이 써지지 않아 밤새 끙끙대다가 밖으로 나섰던 어느 새벽에 아주 짙고 이상한 안개를 보았다고 했다. 밤새 호수에서 피어오른 습기가 짙은 안개로 변신하여 스멀스멀 산으로 올라오고 있었는데, 안개 속에 알 수 없는 어떤 존재가 있어서 양떼를 몰고 오듯이 안개를 몰아오는 것 같았다고 했다. 사람들이 모르는 또다른 세계의 틈에서 거인의 입김이 불어와 마을을 덮치는 것일지도 모른다는 뜬금없는 상상도 했다고 했다. 아무튼 외삼촌의 상상력은 정말 못 말린다. 양과 거인이라니! 애도 아니고 참……

외삼촌은 사건이 있던 날의 안개가 이사온 직후에 보았던 살아 꿈틀거리는 짙은 안개와 꼭 닮았다고 했다. 우리는 살아 움직이는 그 안개를 뚫고 산으로 접어들었다. 한 발 내디딜 때마다 안개가 물살처럼 좌우로 비켜섰다가는 다시 합쳐졌다.

이른 시간이라 사람은 보이지 않았다. 전북도립미술관 뒤쪽의 왼편 길은 마을 사람들도 거의 찾지 않는 곳이다. 혼자서 이른 시간에 그런 곳에서 누군가를 만난다면 공포 때문에 등골이 오싹해질 것이다.

안개 때문에 확신할 수는 없었지만, 갈림길 쪽에 작은 크기의 사람처럼 보이는 물체가 있는 듯했다. 외삼촌이 곁에 있었지만 겁이 덜컥 났다. 두려운 마음을 가라앉히며 조심조심 천천히 다가갔다. 혹시라도 흐릿한 물체의 정체가 덩치 큰 멧돼지라면 잽싸게 나무에라도 뛰어올라가야 하니까.

한 발 한 발 다가갈수록 흐릿한 물체의 정체가 조금씩 선명해지기 시작했다. 소년이었다! 우리는 깜짝 놀랐다. 이른 아침에 초등학생으로 보이는 소년이 모악산에, 그것도 사람들이 잘 찾지 않는 곳에 서 있다니!

우리를 놀라게 한 건 소년의 존재만이 아니었다. 소년의 모습과 행동도 우리를 놀라게 했다. 소년은 몹시 당황한 표정으로 사방을 두리번거리고 있었고, 등에 큰 배낭을 메고 아주 낯선 복장을 하고 있었다.

소년은 우리를 발견하자 주저앉을 듯 놀랐다. 작고 맑은 눈동자에는 두려움이 가득했다. 금방이라도 굵은 눈물이 뚝뚝 떨어져 서 있는 곳을 적실 것 같은 표정이었다. 외삼촌이 소년에게 최대한 낮고 편안한 목소리로 말을 걸었다. 소년은 잠시 숨을 고르더니 이곳이 어디냐고 물었다. 대답을 듣더니 소년의 얼굴은 더 창백해졌다.

외삼촌이 걱정이 담긴 목소리로 집이 어디냐고 물었는데 소년은 여행중이라고 했다. 이렇게 이른 새벽에 여행이라니! 믿기지 않았다. 혹시 가출한 아이가 길을 잃고 잘못 올라온 건 아닐까 싶어서 외삼촌에게 경찰서에 신고를 해야 하는 거 아니냐고 조용하게 말했다. 외삼촌은 경찰서에 신고하더라도 겁에 질린 소년을 그곳에 그대로 둘 수는 없으니 일단 집으로 데려가 안정시키는 게 먼저라고 했다.

소년을 데리고 집으로 돌아오며, 소년에 대해 알아보기 위해 외삼촌이 간단하게 이것저것 물어보았다. 나이는 열다섯 살이고—덩치로는 초등학교 6학년쯤으로 보였는데 나보다 고작 세 살 아래였다—작은 호수마을에 살고 있고, 여행을 나섰다가 길을 잃었다고 했다. 혹시 구이호수 건너편 마을에서 왔느냐고 물었더니 아니라고 대답했다.

한적한 길로 상학마을 송학사 못 미친 곳에 있는 외삼촌 집으로 내려가는데, 소년은 마을의 집들을 아주 낯설어했다. 집들의 모양이 자기가 사는 마을의 집들과는 아주 다르다고 혼잣말하듯이 말했다. 그 말을 듣고 외삼촌이 너희 마을의 집들은 어떻냐고 물었더니, 자기 마을의 집들은 돌과 나무로 지어졌다며, 이곳의 집들은 멋지기는 한데, 어느 집은 너무 반듯하고, 어느 집은 너무 울퉁불퉁하고, 이상한 재료로 지어진 것 같다고 말했다.

소년의 이야기가 믿기지 않았다. 전주 한옥마을처럼 전국 여기저기에 전통마을들이 있지만, 호수 근처에 돌과 나무로 만들어진 집들로 이루어진 마을이 있다는 얘기는 들어보지 못했다. 이상한 건 또 있었다. 외삼촌이 소년에게 너희 마을 아이들은 너처럼 옷을 입느냐고 물었더니, 당연한 걸 왜 묻느냐는 표정으로 그렇다고 대답했다. 이상했다. 어느 민속마을에서도 소년의 옷과 닮은 옷을 보지 못했다.

우리를 따라 집 마당에 들어서던 소년은 외삼촌의 차를 보고 멈춰 섰다. 차를 처음 본 것처럼 눈동자가 커졌다.

"왜 그렇게 놀라니, 차를 처음 본 것처럼."

"차요? 차가 뭐예요?"

소년이 장난치는 줄 알았다. 하지만 장난이라기에는 표정이 너무 진지했고, 놀란 표정이기는 했지만 그 속에 차분함이 있었다. 소년의 반응을 보면서 몹시 혼란스러웠다.

소년은 낯설어하고 쭈뼛거리며 집안으로 들어섰다. 집안에 들어와서도 놀란 표정은 바뀌지 않았다. TV, 오디오, 냉장고 등 모든 것을 보고 놀라워했다. 그사이 내 스마트폰이 울렸다. 혹시 엄마가 화해의 문자를 보냈나 싶었는데 스팸이었다. 스팸을 지우고 스마트폰을 탁자에 내려놓으며 소년을 살펴보니, 얼굴은 유령이라도 만난 듯한 표정이었고, 얼음처럼 굳은 채로 서 있었다. 안 되겠다 싶어 외삼촌이 배낭을 내려놓고 편히 앉으라고 했는데, 배낭을 쉽게 벗으려 하지 않았다.

그뒤에도 한참을 거실에 우두커니 서서 이리저리 고개만 돌리며 집안을 살폈는데, 거실 한쪽을 차지하고 있는 책들을 유심히 바라보는 것이 느껴졌다. 그 모습을 보고 외삼촌이 말을 건넸다.

"책이 많지?"

"책이요?"

"이곳에서 혼자 지내면서 글을 쓰고 있거든."

"글이요? 책은 뭐고 글은 뭐예요?"

책과 글에 대한 소년의 반응은 차에 대해 보인 반응보다 더 놀라웠다. 책과 글을 모르다니! 하지만 소년의 놀란 표정에서 진심이 느껴졌다. 책을 처음 보았다는 사실이 믿기지 않아서 나는 한참 입을 벌리고 있었다. 외삼촌이 책장에서 책을 한 권

꺼내 소년에게 펼쳐 보여줄 때까지. 바보같이 침을 좀 흘렸는지도 모르겠다.

"이게 책이라는 거야. 글자가 적혀 있지. 네가 사는 곳에는 책이 없니? 글은 배우지 않고?"

그런 질문을 하면서도 외삼촌은 어이없다는 표정이었다. 처음 보는 물건을 의아한 표정으로 바라보는 소년과 소년에게 어이없는 질문을 하고 있는 외삼촌의 모습을 왠지 오래된 오지 체험 다큐멘터리에서 본 것 같은 느낌이 들었다. 정말 어이없는 상황이었다. 아마존 오지에 사는 소년도 아니고, 낯선 복장이기는 하지만 멀쩡하게 옷을 입고 있는 아이가 책도, 글자도 모른다는 게 이해가 되지 않았다. 그런데도 그런 질문을 하는 상황이 펼쳐져 있었다.

소년은 외삼촌 손에 들려 있는 책을 유심히 살펴보았다. 조심스럽게 손가락을 뻗어 책을 만지고 글자가 적힌 것을 살폈다.

"이건 뭐에 쓰는 거예요?"

소년은 이번에도 진심으로 궁금해하는 표정이었다.

"이 글자는 사람들의 생각이나 사람들 사이에서 일어난 일을 적은 거야. 그러면 사람들이 책을 읽고서 다른 사람들이 무슨 생각을 하는지, 세상에 어떤 일들이 있었는지를 알게 되고, 모르는 것을 배우기도 하지."

"아, 이야기요!"

"이야기? 어, 그래, 그래, 이야기지. 이야기 맞아! 그런데, 책하고 글이 없다면, 너희 마을에서는 어떻게 사람들에게 생각을 전하고, 세상에서 일어난 일들을 다른 사람에게 전해주니?"

"이야기요. 이야기꾼이 사람들에게 이야기를 들려줘요. 마을의 오래된 이야기뿐만 아니라 다른 호수마을에서 있었던 일들도 이야기꾼이 들려줘요."

"'그리오'나 '임봉기', '마나스치'나 '카이치' 같은 사람이겠구나?"

소년은 외삼촌의 말을 이해하지 못하겠다는 의미가 가득한 눈빛으로 우리를 번갈아 바라보았다. 놀랐을 거다. 외삼촌이 '마나스치', '그리오', 그리고 또 뭐 '임봉기'? 아무튼 그런 사람들 이야기를 할 때 나도 놀랐으니까. 나도 모르는 이야기를 소년이 알 턱이 없지 않은가! 하여간 외삼촌은……

"아, 그게 뭐냐 하면, 아주 옛날에 문자가 없는 민족들은 마을의 역사와 마을 사람들이 살아온 이야기를 오로지 말로 전해야 했거든. 너무 긴 이야기는 그냥 말로만 하는 것이 힘들어서 악기를 연주하며 노래처럼 부르기도 했어. 이야기를 시작하면 몇 시간씩 계속되고, 마나스치들 같은 경우는 이야기를 다 끝내려면 며칠이 걸리기도 해."

"아, 아저씨 마을에도 이야기꾼이 있군요!"

"아…… 이걸 어떻게 설명해야 하지…… 우리 마을은 아니고, 아프리카의 중서부 지역에 '그리오'라는…… 그래, 이야기꾼이라고 하자. 그러니까 아프리카 중서부 지역에는 마을의 역사를 노래하는 '그리오'라는 이야기꾼이 있고, 아프리카 남쪽 지역에는 '임봉기'란 이야기꾼이 있지. 그리고 중앙아시아의 키르기스스탄이라는 나라에는 〈마나스〉를 노래하는 '마나스치'란 이야기꾼이 있고, 키르기스스탄에서 멀지 않은 러시아 남부지역의 알타이공화국에도 〈카이〉를 노래하는 '카이치'라는 이야기꾼이 있어. 혹시 들어보았니?"

"아니요. 마을마다 이야기꾼을 부르는 이름이 있다고는 들었지만, 그런 이름은 처음 들어봐요. 마을들도 처음 들어보고요."

"마을?"

이상하게도 소년의 머릿속에는 나라들과 지리에 대한 지식이 없는 것 같았다. 이상했다. 중학교 2학년쯤이라면 아프리카와 중앙아시아 지역에 있는 나라들을 모를 수가 없는데 말이다.

"그럼 너희 마을에서는 마을의 역사를 이야기해주는 사람들을 뭐라고 부르니?"

"이야기꾼이요."

"그냥 이야기꾼이라고?"

"예."

소년과 대화를 나누며 우리는 점점 더 미궁 속으로 빠져들었다. 점점 더 혼란스러워졌고, 점점 더 궁금해졌다. 그사이에 경찰서에 신고하려던 생각은 까맣게 잊고 말았다.

"네가 사는 마을은 정확히 어떤 곳이니?"

"호수마을이요."

"호수마을이라고? 그게 이름이야?"

"예."

"그 마을은 어디에 있니?"

"호수 옆에요."

우리를 놀리는 건 아니었지만, 소년의 대답은 우리를 정말 답답하게 만들었다. 그래서 소년에게 마을에 대해 이야기를 해달라고 했다. 소년은 자신이 사는 세계는 호수들로 이루어졌다고 했다. 믿을 수 없었다. 호수들로 이루어진 세계라니! 아무리 생각해도 그런 세계는 없는 것 같았다.

소년의 이야기를 들으며 혼란스러워하다가, 소년이 아직도 배낭을 메고 있는 것이 눈에 들어왔다. 외삼촌이 말했다.

"안에 뭐가 들어 있는지는 모르겠지만 배낭은 이곳에 잠시 벗어두는 게 좋지 않겠니? 아, 그리고 네 이름이 뭐니?"

"제 이름은 미로예요."

미로…… 미로…… 소년의 이름 속으로 들어가 있는 느낌이었다. 미로는 머뭇거리다가 겨우 배낭을 벗었는데, 그때 미로의 배에서 요란하게 꼬르륵 소리가 났다.

"너 배고프구나? 앉아서 잠시만 기다려."

"배낭에 음식이 잔뜩 있어요. 그걸 먹으면 돼요. 하지만 지금은 먹고 싶지 않아요."

꽤 큰 배낭에 음식이 잔뜩 들어 있다는 말에 우린 또 놀랐다. 음식을 사 먹을 수 없는 오지를 길게 여행할 때나 필요한 것인데, 대한민국에 그런 곳이 있을까? 몇 시간을 가도 편의점과 식당이 없는 곳이 있을까?

먹고 싶지 않다는 생각은 이해가 되었다. 엄청나게 놀랐을 테니까. 그래도 배낭에 있는 음식을 먹으라고 할 수는 없는 일이다. 외삼촌이 소파에 앉아서 잠시만 기다리라고 하자, 미로는 내가 앉은 소파 반대편 끝에 엉덩이를 절반쯤만 걸치고 조심스럽게 앉았다.

외삼촌은 냉장고를 뒤져보다가 난감한 표정으로 냉동 돈가스를 꺼냈다. 그것 말고는 없을 게 뻔하다. 외삼촌은 하나뿐인 조카인 내게도 해주는 거라곤 냉동 돈가스뿐이었다. 하나밖에 없는 존재를 막 대하는 건 엄마를 닮아서일까? 아니면 엄마처럼 요리 실력이 형편없기 때문일 수도 있다. 아무튼 그렇다는 거다.

외삼촌은 냉동 돈가스를 튀겨 케첩을 뿌리고, 밥 한 공기와 함께 상을 차렸다. 미로는 차려진 상을 몹시 낯설어하며 살펴보다가, 예의를 차려야 한다고 생각했는지 감사하다며 식사를 했다. 꼬르륵 소리가 심하게 들렸으니, 분명 배가 고팠을 텐데 조금도 서두르지 않았다. 돈가스를 한 입 베어 물더니 맛이 이상한 것 같다는 표정을 지었고 어떤 음식이냐고 물었다. 그것으로 식사는 끝이었지만 그건 나중에 설명해야 할 것 같다. 어쨌든 열다섯 살이라고 했는데, 나보다도 더 의젓했다는 것만은 다시 말해두어야 한다.

미로와 함께 지낸 시간은 길지 않았다. 불과 일주일이었다. 게다가 나는 학교에 가느라 미로의 이야기를 제대로 듣지도 못했다. 학교에 갔다가 저녁에 외삼촌 집에 가보면 이야기는 벌써 한참 진행된 상태였다.

아침에 내가 학교에 가고 나면, 우리가 처음 만났던 곳으로 외삼촌과 미로가 함께 갔는데, 아무 소득 없이 돌아올 때마다 미로의 얼굴에서 깊은 실망감이 배어나왔다고 했다. 그런데도 돌아와서는 종일 외삼촌에게 이야기를 들려주었고, 그렇게 일주일이 갔다.

미로를 만나고 며칠 뒤부터는 경찰서에 신고하려던 생각이 아예 사라졌다. 미로가 들려주는 이야기 속의 세계는 우리가 사는 세계가 아니라는 믿음이 굳어졌기 때문이다. 오히려 외삼촌과 나는 경찰들이 이 얘기 저 얘기 묻다가 미로를 정신병원에라도 넣을까봐 걱정이 됐다.

다행스럽게도 상학마을은 주민이 많지 않은 곳이고, 외삼촌이 사는 집은 그중에서도 좀 외진 곳에 있어서 마을 사람들도 우리와 미로를 그리 궁금해하지 않으리란 생각이 들었다. 어쩌면 미로를 외삼촌의 또다른 조카쯤으로 생각했을지도 모른다.

일주일째가 되던 날, 외삼촌은 급하게 마감할 원고가 있어서 미로와 함께 평소처럼 모악산에 갈 수가 없었다. 미로가 먼저 나서고 외삼촌이 서둘러 일을 끝내고 뒤따라가기로 했다. 미로는 평소처럼 배낭을 메고 집을 나섰다. 미로는 외삼촌 집에서 지내는 동안 바로 그날 자신이 살던 곳으로 돌아갈 것처럼 이른 아침마다 배낭 속 짐을 여러 번 확인한 뒤에 배낭을 단단히 메고 늘 같은 시간에 집을 나서고는 했다.

외삼촌이 일을 마치자마자 서둘러 산으로 갔는데 미로가 보이지 않았다. 불과 30분 정도 늦게 따라갔을 뿐인데, 근처를 아무리 뒤져도 보이지 않았다. 범위를 넓혀 그 일대를 샅샅이 뒤졌는데도 찾을 수 없었다. 외삼촌은 머릿속이 하얗게 변했다.

경찰서에 신고를 할 수도 없었다. 일주일이나 지나서 신고한 것을 의심할 테고, 어쩌면 처음부터 없었던 아이를 찾아달라고 하는 것과 같은 상황이 될 수도 있었다. 미친 사람 취급을 할지도 몰랐다.

외삼촌은 산 주변을 몇 시간을 찾아 헤맸지만, 끝내 찾지 못했다. 허탈하고 걱정 가득한 마음으로 바위에 걸터앉아 하염없이 구이호수를 바라보았다. 얼마나 오래 그곳에서 멍하니 앉아 있었는지 기억도 나지 않는다고 했다.

미로가 사라진 상황을 외삼촌이 그렇게 들려주었다. 미로가 사라졌다는 소식을 듣고, 미로가 자신이 살던 호수세계로 다시 돌아갔을 거라는 생각이 들었다. 그날 아침도 미로를 처음 만났던 날처럼 안개가 몹시 짙었다.

미로는 그렇게 홀연히 나타났다가는 홀연히 사라졌다. 미로가 이 세계에 머물렀던 흔적은 어디에도 없었고, 얼마나 깔끔한 아이였는지 집에서도 미로가 머물렀던 흔적을 찾을 수 없었다.

외삼촌은 미로가 사라진 다음에도 일주일 넘게 이른 아침마다 미로를 만난 곳을 찾았다. 나도 학교에 가려고 전북도립미술관 주차장으로 시내버스를 타러 갈 때마다 주변을 두리번거렸지만 미로를 찾지 못했다. 미로가 사라지고 일주일 뒤에 나는 집으로 돌아갔다. 역시 엄마는 일관성 있게 한 번도 연락하지 않았다. 이번에도 내가 패배했다. 아무튼 엄마 끈기는 알아줘야 한다.

사건 이후 나는 두리번거리는 버릇이 생겼다. 혹시나 미로를 다시 만나거나, 미로처럼 다른 세계에 사는 사람을 만나 다른 세계에 대한 이야기를 들을 수 있을까 싶어서였다. 하지만 미로도, 다른 사람도 만나지 못했다. 그래도 희망을 버리지 않고 있다.

외삼촌은 미로와 호수세계에 대한 이야기를 몇몇 사람들에게 한 적이 있다고 내게 말했다. 확실히 외삼촌은 좀 무모하다. 누가 그 이야기를 믿겠는가! 그런데도 외삼촌이 정신병원으로 잡혀가지 않은 걸 보면, 이야기를 들은 사람들이 외삼촌은 무명작가니까 출간되지도 않을 소설 이야기를 하는 거라고 생각했을지 모른다. 무명작가인 덕을 톡톡히 본 셈이다.

외삼촌은 미로가 들려준 호수세계에 대한 이야기를 사람들에게 들려주지 못하는 게 답답하다고 했다. 마음속에만 품고 있다가는 병이 될 거 같다고 했다. 그래서 글로 쓰게 되었고, 덕분에 나도 학교에 가느라고 미로에게 직접 듣지 못한 부분까지 이야기의 전부를 알게 되었다.

다행스러운 일만 있었던 건 아니다. 외삼촌이 적어놓은 미로의 이야기를 읽게 된 것부터가 수상한 일이었다. 미로가 사라지고 한 달쯤 지났을 때 외삼촌 집에 갔는데 외삼촌이 집에 없었다.

외삼촌이 평소에 열쇠를 숨겨두는 담장의 돌을 들추어보니 열쇠가 있었고, 탁자에 내게 남기는 편지와 함께 미로가 들려준 이야기를 적어놓은 원고가 놓여 있었다. 편지에는 여행을 다녀올 텐데 언제 돌아올지 모르는 여행이라고, 언제가 될지 모르기 때문에 원고를 남겨놓는다고 적혀 있었다. 엄마에게는 외국 여행을 갔다고 하라고, 미로의 이야기와 원고에 대해서는 비밀이라고도 했다.

나는 약속을 지켰지만, 외삼촌이 사라진 지 한 달이 지나면서 마음이 몹시 불안해졌다. 뭔가 이상한 느낌이 들어 출입국관리소에서 일한다는 친구 형에게 부탁해서 외삼촌이 정말 출국을 했는지 알아보았다. 외삼촌은 외국으로 떠나지 않았다!

그때부터 외삼촌이 미로가 사는 세계로 갔을지도 모른다는 생각이 들었다. 국내에 있었다면 내게 연락을 하지 않을 리가 없다. 그리고 내게 그런 편지와 원고를 남기지도 않았을 것이다.

외삼촌이 비밀로 하라고 했지만, 미로의 이야기를 적은 외삼촌의 원고를 그냥 두기가 아쉬워 어느 출판사에 보냈는데, 출판사에서 흥미를 보였다.

이 글을 읽는 사람들이 많지 않을지도 모른다. 우리가 사는 세계 말고 다른 세계가 있다는 말을 믿어주는 사람은 더 적을 것이다. 그래도 어쩔 수 없다. 호수세계에서 온 미로가 거짓말을 한 건 아니라고 지금도 굳게 믿는다. 미로의 눈에는 호수가 들어 있었다. 눈 속에 호수가 들어 있는 사람이 거짓을 말할 수는 없을 거라는 생각이 들었다. 우리 세계 사람들 중에 눈에 그런 호수를 갖고 있는 사람은 한 번도 만난 적이 없다. 아주 오래전에는 사람들이 눈에 호수를 갖고 있었다는 이야기를 들었지만, 직접 본 적은 없다.

21세기에 무슨 황당한 얘기냐고, 비과학적이라고 말하는 사람들도 있을 수 있다. 하지만 전혀 비과학적인 얘기가 아니다. '다차원 포털'이라는 말을 들어보셨을 거다. 우리 눈에 보이는 세계 말고도 여러 차원의 세계가 있고, 그 세계들이 만나는 작은 지점을 '다차원 포털'이라고 부른다.

'평행 우주'란 말도 들어보셨을 거다. SF 영화나 소설 얘기가 아니다. 실제로 많은 과학자들이 연구하고 있는 이론이다. 과학자들은 우주가 한 겹이 아니고 여러 겹이라고 말한다. 마치 손수건을 접어놓은 것처럼 똑같은 세계가 여러 겹 존재하는데 우리는 그중 한 겹에 살고 있다는 거다.

유명한 물리학자 알베르트 아인슈타인이 연구한 '양자역학' 이론도 우주가 여러 겹이라는 주장과 연결된다고 한다. 두 개의 세계가 서로 연결된다는 '아인슈타인-로젠 다리 이론'이라는 것도 있다.

솔직히, 전부 내가 모르는 이야기다. 수학과 과학이 재미없었다던 외삼촌이 알려준 것들을 내가 아는 거처럼 떠벌린 거다. 아무튼 재미없을지도 모르지만, 꼭 한번 찾아보시기 바란다. 그 이론들을 알게 되면 호수세계에서 온 미로의 이야기를 들을 마음이 생길지도 모른다.

그럼, 지금부터 외삼촌이 적어놓은 미로의 이야기를 공개한다. 이야기를 끝까지 읽고 나면 정말 다른 세계가 있는지 꼭 한번 진지하게 생각해보시기를 부탁드린다.

그리고 외삼촌한테는 미안하지만 내가 책의 저자가 되기로 했다. 서른여덟 살이나 된 사람이 썼다고 하면 황당한 이야기로 읽힐 게 뻔했다. 그보다는 만 열일곱 살짜리 소년이 썼다고 하는 게 훨씬 더 그럴듯하다는 생각이 들었다. 나중에 외삼촌이 돌아오면 그때 따지면 된다. 어차피 인세가 들어오지도 않을 테니 걱정할 것도 없다. 출판사에서 그랬다, 엄청 안 팔릴 거라고!

2. 호수세계 이야기

외삼촌이 기록한 미로의 이야기를 들려드리기 전에, 미로에게 들은 호수세계에 대한 정보를 먼저 알려드려야 할 거 같다.

호수세계에는 우리 세계처럼 '나라'나 '국가'라는 말이 존재하지 않는다. 특별시나 광역시, 도, 시, 구, 심지어는 동과 같은 작은 단위로 나누어진 이름도 없다. 크고 작은 호수마을들로 이루어져 있을 뿐이다. 대통령, 총리, 수상, 시장 같은 자리도 프로게이머, 유튜버, 영화배우, 축구 선수, 격투기 선수, 아나운서, 기자 등등 다양한 직업도 없다. 사람 사는 곳에는 어디든 늘 문제가 있고, 가르치고 배워야 할 것이 있는데, 호수세계에는 변호사, 경찰, 소방관, 교사, 우편배달부 같은 직업도 없다. 그러고도 마을이 제대로 꾸려질까 싶었지만, 미로의 이야기를 들어보면 우리가 사는 곳보다 훨씬 더 잘 꾸려지고 행복하게 사는 것 같았다.

지도자 역할을 맡는 사람이 아예 없는 건 아니고, 호수마을마다 '촌장'이 있다. 촌장이라고 해서 마을 사람들에게 명령을 하지는 않는다—외삼촌 얘기로는 옛날 북아메리카의 주인이었던 인디언 부족들의 추장 같다고 했다. 인디언 추장들은 회의를 할 때 매끄러운 진행을 위해서 사회자 역할을 했다고 한다. 서부영화에 등장하는 추장들 모습은 전부 백인들이 만든 거짓 이미지라고 했다.—호수마을 촌장은 나이가 많은 분들이 맡는다. 사람들이 의견을 모으는 데는 경험이 많은 분들이 도움을 줄 수 있어서다.

호수세계는 큰 호수마을만 해도 20곳이 넘고, 작은 호수마을들은 그보다도 훨씬 많아서 80곳이 넘는다. 사람들이 살지 않는 호수도 꽤 있다고 하니, 호수가 100곳이 훨씬 넘는 셈인데도, 호수마다 모양이 다르고, 물의 빛깔도 조금씩 다르다. 당연히 호수 주변의 풍경도 다르다. 높은 곳에 있는 호수도 있고 낮은 곳에 있는 호수도 있어서 우리가 사는 세계처럼 멀리 떨어져 있는 호수마을들은 서로 기온도 다르다.

호수마을들은 가까우면 걸어서 3일이면 갈 수 있지만, 대부분 서로 멀리 떨어져 있어서 한 호수마을에서 다른 호수마을로 가려면 최소한 일주일을 걸어야 한다. 그보다 더 멀리 떨어진 마을들은 한 달은 걸어야 닿을 수 있다.

대부분의 호수 주변에는 사람들이 마을을 이루며 살고 있고, 마을 사람의 수는 제각각 다르다. 가장 큰 호수마을은 3000명이나 되고, 작은 마을은 보통 수백 명쯤 된다. 수십 명밖에 살지 않는 더 작은 호수마을도 있다. 미로가 사는 마을은 주민이 268명이라고 했으니 작은 호수마을이다.

3000명이 사는 마을이 엄청나게 크다는 말에 내가 사는 전주시의 인구가 65만 명이라고 하니, 미로는 너무 놀라서 한동안 입을 다물지 못했다. 그 표정대로 아주 굳어버리는 게 아닐까 싶어서 미로를 흔들어주어야 했는데, 그제야 미로는 고개를 절레절레 흔들었다. 자기는 스무 곳 정도의 큰 호수마을도 아직 다 가보지 못했는데, 65만 명이나 되는 큰 마을은 평생을 살아도 그곳의 이야기를 다 들을 수 없을 거라고 말했다. 미로의 이야기를 듣고, 마을의 크기를 이야기의 크기로 생각하는 것에 크게 놀랐다. 한 번도 도시의 크기를 이야기의 크기로 생각해본 적이 없었으니까.

모든 호수마을에는 '이야기꾼'이 있다. 이야기꾼은 마을에서 일어났던 예전의 일들과 전설들을 모두 알고 있고, 다른 마을의 전설과 이야기도 알고 있다. 이야기꾼은 자신이 아는 이야기를 전해주기 위해서 후계자를 길러낸다. 큰 마을에서는 수십 명의 후계자를 길러내고, 아주 작은 마을에서도 여러 명의 후계자를 길러내는데, 이야기꾼 후계자들은 일정한 나이차가 난다. 이야기가 끊기면 안 되기 때문이다.

호수마을마다 이야기꾼의 대가 끊기는 일이 생기지 않도록 깊은 관심을 기울이지만, 뜻밖의 사고 때문에 대가 끊기는 경우가 있다. 호수세계도 사람이 사는 곳이기 때문에 인간이 예측할 수 없는 사고가 생기기 때문이다. 그렇게 되면 마을의 많은 이야기가 사라진다. 이야기꾼 후계자가 정해져 있더라도 모든 이야기를 다 배울 수는 없고, 후계자 사이에도 이야기를 품는 데 차이가 있기 때문이다.

특히 작은 호수마을에서 이야기꾼의 대가 끊어지는 일이 일어나고는 하는데, 그때마다 마을의 이야기를 이어가기 위해 급하게 후계자를 정하고 이야기를 모으지만, 그때는 이미 많은 이야기가 사라진 뒤여서 그런 마을은 다른 호수마을에 비해서 초라한 이야기를 가진 호수마을이 된다. 호수마을 사람들은 그걸 아주 부끄럽게 여긴다.

큰 호수마을도 이야기가 온전하게 전해지기 어려운 때가 있다. 마을이 크다보니 이야기꾼이 많고, 이야기꾼들이 무리를 짓는 경우가 있는데, 그러면 무리마다 마을의 이야기를 다르게 전하기 때문이다.

이야기꾼 후계자는 어릴 때 결정되는데, 이야기꾼이 정하는 것이 아니라 이야기꾼이 되려는 아이가 마음을 먹어야 한다. 미로는 열한 살 때 이야기꾼이 되기로 마음을 먹었고, 그때 처음으로 스승 이야기꾼과 함께 호수세계 여행을 떠났다. 미로가 들려준 이야기는 첫번째 여행에서의 일이었다. 미로는 그 여행에서 여러 큰 호수마을을 구경했다. 두번째 여행에서도 여러 큰 호수마을과 여러 작은 호수마을을 구경했고, 세번째 여행을 나섰다가 길을 잃었다.

미로가 마을의 이야기꾼과 동행하지 않고 혼자 여행에 나선 것은 이야기꾼 할아버지가 다리를 다쳐 이번 여행에는 함께하지 못했기 때문이었다. 다른 호수마을 이야기꾼과 후계자 일행에 합류하여 여행을 가려고 했는데, 만나기로 한 숲 입구에서 짙은 안개를 만나 길을 잃었고, 안개 속을 헤매다 빠져나왔는데, 그곳이 바로 우리 세계였던 것이다.

이상이 미로에게 들었던 호수세계에 대한 간략한 설명이다. 이야기를 듣다가 계속 걷는 이야기만 나와서 말 같은 이동 수단은 없느냐고 물었던 적이 있는데, 초원에 말이 산다는 이야기는 들었지만 호수마을에는 말은 없고 당나귀가 있다고 했다. 당나귀를 타고 갈 수도 있지만 이야기꾼들은 당나귀를 타고 여행을 하지는 않는다고 했다. 이야기는 천천히 걷고 바라보는 중에 생겨나는 것이라고 이야기꾼들은 굳게 믿고 있다고 했다.

이야기꾼 말고 다른 사람들은 호수를 여행하는 경우가 아주 드물다고 했다. 마을의 이야기꾼이 다른 마을의 이야기꾼에게 자기 대신 다른 사람을 시켜 긴급하게 연락을 해야 하는 경우에만 연락을 맡은 청년이 당나귀를 타고 다녀오는 정도가 전부라고 했다. 그 얘기를 듣고 말이 당나귀와 비교해서 얼마나 빠른지 말해주었더니, 그렇게 빠른 동물을 타고 가야 할 만한 일이 어떤 일이냐고 물어서 할말이 없었다.

여행 경비는 어떻게 하느냐고 물었다. 돈이 있어야 밥도 사 먹고 잠도 잘 수 있을 테니까. 그러자 미로는 놀란 표정으로 '돈'이 뭐냐고 물었다. 외삼촌이 설명을 해주자, 호수세계에는 돈이 없다고 했다. 이야기를 들려주는 것으로 대신한다고 했다. 모든 호수마을에는 필요한 게 다 있고, 부족하면 부족한 대로 살고 있어서, 우리처럼 다른 나라 사람들과 물건을 사고팔지는 않는다고 했다.

이야기꾼들은 보통은 다른 마을 이야기꾼의 집에 묵지만, 큰 호수마을에는 이야기꾼들이 자주 찾아오기 때문에 이야기꾼들을 위한 이야기꾼 숙소가 따로 있다고 했다. 다른 마을 이야기꾼이 호수마을에 도착하면 다른 마을의 이야기를 듣기 위해 사람들이 물건을 들고 자기 마을 이야기꾼의 집이나 이야기꾼 숙소로 모인다고 했다. 그러면 이야기꾼이나 숙소 주인은 사람들이 가져온 물건을 이야기값 대신에 받아두었다가 자신이 필요한 것과 바꾸어서 쓴다고 했다. 우리가 예전에 했다는 물물교환 같은 건데, 호수마을 사람들은 크게 불편을 느끼지 않는다고 했다.

미로의 이야기를 들으면서 많은 이야기가 전해지는 호수마을들이 몹시 부러웠다. 이야기꾼이 되기 위해 부지런히 이야기를 들으며 여행을 다니는 미로도 몹시 부러웠다. 우리가 사는 세계의 사람들은 여행을 다닐 때 신기한 걸 구경하고, 맛있는 걸 먹는 일에 신경을 많이 쓰지만, 다른 세계의 이야기를 듣는 일에는 관심을 쏟는 것 같지 않다고 느꼈기 때문이다.

이제 외삼촌이 기록해둔 미로의 이야기를 들려드리겠다.

2부

3. 눈물호수가 넘친 날

눈물호수에 맑은 물이 차오르기 시작하더니 급기야 넘쳐흐르기 시작했다. 아이 울음소리가 함께 넘쳐서 구불구불 이어진 마을 골목마다 울음이 가득찼다. 눈물호수의 범람은 쉽게 멈추지 않을 듯했다. 그렇게 넘쳐흐르다보면, 호수마을의 좁은 골목들이 눈물로 가득찰 듯했다. 이미 마을 사람들의 발목을 넘어 무릎까지 차올랐는데, 더 높이 차오를지도 몰랐다. 두려움에 빠진 마을 사람들 중 누군가 소리쳤다.

"미로의 눈물호수를 막아! 세상에 아픔은 많고, 사랑하는 사람들도 언젠가는 떠나는 것이니, 익숙해져야 하는 일이라고 미로에게 설명을 해!"

마을 사람들은 이미 무릎에 다다른 물의 공포에 사로잡혀,

누군가 선창을 한 말을 후렴구를 따라 부르듯이 서로 다투어 아이에게 소리쳤다.

"미로야, 울음을 그쳐라!"

"미로야, 사랑하는 사람들도 언젠가는 떠나는 거야. 영원히 같이 있을 수는 없어. 이제 호수를 그만 채워!"

아이는 마을 사람들이 외치는 소리에 잠시 주춤했지만, 다시 눈물호수를 넘치게 했다. 마을은 이전보다 더 빨리 눈물에 잠기기 시작했다.

다급해진 마을 사람들은 어떻게 이런 일이 있을 수 있을까 하는 생각이 들기도 했고, 모두 함께 꿈을 꾸고 있다는 생각이 들기도 했다. 마을에 슬픈 일들이 생길 때도 있었지만 이렇게 심하게 눈물호수가 넘친 적은 거의 없었다. 눈물호수가 넘쳐 마을에 눈물이 차올라도 무릎까지 닿는 정도였다.

아주 오래전 눈물호수가 넘쳐 가슴 위로 차올랐다는 얘기를 들었지만, 대부분의 마을 사람들은 경험해보지 못한 일이었다. 이야기로만 들었던 일이 오늘 생길 듯했다. 당황해서 허둥거리던 마을 사람들은 불현듯 뭔가를 깨달은 듯 소리쳤다.

"이야기꾼님을 불러! 이야기꾼님이라면 눈물호수가 넘치는 걸 막을 수 있을지 몰라! 어서 달려가! 바람처럼 달려가! 눈물이 이미 무릎을 넘어섰어!"

빠르게 달릴 줄 아는 청년들이 이야기꾼을 모시러 바람처럼 달려갔다. 이야기꾼은 마을이 내려다보이는 언덕 위의 작은 집에서 홀로 살고 있었다.

청년들의 마음이 얼마나 급했는지 언덕을 달려 올라가는데도 평지에서보다 더 빨랐다. 빠르게 달리는 청년들 때문에 마침 길을 지나치던 잔잔한 바람이 화들짝 놀라서 옆으로 비켜섰다. 청년들이 달려가며 일으킨 거센 바람에 나뭇잎들이 뒤집어질 듯 흔들리자, 나비가 되려고 열심히 잎을 갉아먹던 호랑나비 유충이 하마터면 바닥으로 떨어질 뻔했다. 꽃잎에 앉아 있던 나비의 날개도 한쪽으로 급히 쏠렸다가 몇 번이나 왕복을 하고는 겨우 제자리로 돌아갔고, 꽃 속에 머리를 박고 꿀을 빨아먹던 꿀벌도 화들짝 놀라 엉겁결에 엉덩이의 침을 곧추세웠다가는 머쓱해져서 다시 거두었다.

풀숲에 있던 새들도 깜짝 놀라 푸드덕 날아올랐다. 풀을 뜯고 있던 염소들과 소들도 깜짝 놀라서 청년들이 달려가는 모습을 왕방울만큼 커진 눈으로 쳐다보았다. 그때부터 소들의 눈이 왕방울만큼 커졌는지도 모른다. 너무 놀라면 커진 눈이 다시 작아지지 않을 수도 있으니까.

의자에 앉아 바람이 실어다준 이야기를 한가로이 듣고 있던 이야기꾼이 마을에서 벌어진 일을 몰랐을까? 아니! 이야기꾼은 이미 다 알고 있었다. 아이 울음소리가 바람에 실려 왔고, 눈물호수가 차오르며 찰랑거리는 소리가 들려왔고, 마을 사람들의 높아진 목소리가, 바람처럼 빠른 청년들의 달음박질 소리가 하나씩 차례차례 언덕에 도착했다. 바람처럼 달리는 청년들이 일으킨 먼지구름이 청년들을 놓칠세라 꽁무니를 쫓고 있는 모습도 눈에 훤히 보였다.

청년들이 헐레벌떡 도착해 저마다 입을 터뜨리려 할 때, 이야기꾼은 입술에 손가락을 대고 조용히 하라는 '눈동자말'을 건넸다. 급한 마음에 '눈동자말'을 보지 못한 청년들이 입을 터뜨릴 뻔했지만, 눈치 빠른 청년 하나가 다른 청년들의 입을 겨우 막았다. 이야기꾼은 아무것도 모른다는 듯이 천천히 말했다.

"언제나 중요한 건 이야기를 듣기만 하느냐, 이야기 속으로 들어가느냐를 결정하는 거야. 그 사이에서 움직이지 않고 머무르는 것도 그리 나쁜 선택은 아니지만 말이야.

하지만, 그건 천둥과 번개 사이에 머무는 것과 같지. 귀로는 천둥소리를 들어야 하고, 눈으로는 번개를 보아야 하는 일이 그리 즐거운 것만은 아닐 거야. 너희들은 아직 그 차이를 몰라. 하지만 나중에는 알게 될 거야. 중요한 건 이야기가 되느냐, 되지 않느냐를 결정하는 거야. 이야기가 되는 게 좋을 수도 있고, 좋지 않을 수도 있어. 그건 너희가 결정할 수도 있고, 세상이 결정할 수도 있지."

청년들은 마음이 답답했다. 평소에 이야기꾼이 청년들에게 이야기를 들려주고 나서 끝부분에 했던 이야기였다. 청년들은 지금은 한가하게 그런 이야기를 듣고 있을 때가 아니라고 생각했다. 청년들은 눈물호수가 차오르는 마을과 이야기꾼을 번갈아 쳐다보며 어쩔 줄 모르고 발을 동동 굴렀다. 그중 하나가 다급하게 말했다.

"이야기꾼님! 지금은 그런 말씀을 하실 때가 아니에요. 미로의 눈물호수가 터져서 마을 골목을 채우고 있어요. 이러다간 마을이 온통 잠기게 될 거예요! 누구도 미로를 달래지 못하고, 눈물호수가 넘치는 걸 멈추지 못하고 있다고요!"

"달래기는 해야겠지…… 마을이 다 잠기지는 않겠지만, 함께 내려가보자."

이야기꾼은 그렇게 말해놓고도 아주 천천히 걸음을 뗐다. 바람처럼 빠른 청년들은 어미 닭 주변을 빙빙 맴도는 병아리들처럼 이야기꾼을 맴돌며 재촉했지만, 이야기꾼은 귀를 집에 두고 오기라도 한 것처럼, 청년들이 주변에 없는 것처럼, 천천히 걸음을 옮겼다.

마을에 도착한 이야기꾼은 마을 사람들의 재촉에도 전혀 서두르지 않았다. 눈물호수를 흘러넘치게 하고 있는 미로에게 천천히 다가가 미로의 눈동자를 찬찬히 들여다보았다. 그러고는 말을 건넸다.

"미로야, '꽃들의 숨안개'가 있다는 이야기를 들어보았니?"

"아니요."

미로는 이야기꾼의 갑작스럽고 엉뚱한 질문에 잠시 울음을 그치고 이야기꾼을 바라보았다.

"그래, 들어보지 못했을 거야. 마을 사람들 누구도 보지 못한 전설 같은 안개니까. 내가 많은 이야기를 해주었지만, 마을 사람들도 다른 이야기들은 다 믿으면서도 꽃들의 숨안개에 대해서만은 잘 믿지를 않아. 아주 이상한 이야기거든. 그래서 오랫동안 이야기를 하지 않았으니, 너는 듣지 못했을 거야."

이야기꾼의 이야기에 세차게 넘치던 미로의 눈물호수가 겨우 멈추었다.

"꽃들의 숨안개를 만나기는 어렵지. 무척이나 어렵지만, 그렇다고 만날 수 없는 건 아니야."

"꽃들의 숨안개를 만나면 무슨 일이 생기나요?"

"당연히 생기지. 꽃들의 숨안개를 지나면, '그리움거울 호수'로 가는 길이 열리는데, 나는 그 길도 걸어보았지. 모든 이야기꾼에게 허락되는 건 아니지만, 나는 운좋게도 꽃들의 숨안개를 지나 그리움거울 호수에 갈 수 있었지. 그곳에서 내가 보고 싶었던 걸 보았어. 만났다고 말하는 게 맞겠지."

"그리움거울 호수에서 무엇을 만났는데요?"

"그리움거울 호수에서 만날 수 있는 건 사랑하는 존재야. 그게 꽃들의 숨안개가 허락하는 비밀이야."

"그럼…… 꽃들의 숨안개를 지나면, 그리움거울 호수에 가면…… 엄마를 만날 수 있어요?"

"있지! 너에게서 이야기가 꽃처럼 피어난다면!"

파도가 일렁이던 미로의 눈물호수가 마침내 잔잔해졌다. 골목을 채우며, 엉덩이를 넘어 가슴까지 차오르던 눈물도 더는 차오르지 않고 천천히 낮아지기 시작했다. 마을 사람들은 긴 안도의 숨을 내쉬었다. 그러고는 생각했다. 이번에 눈물호수가 넘친 사건은 오래 기억해두었다가 손자들에게 말해줘야겠다고. 눈물호수가 넘쳐 가슴까지 차오르는 일은 결코 자주 겪는 일이 아니니까.

눈물호수가 넘쳐 모두들 걱정했지만 누구도 미로를 원망하지 않았다. 마을 사람들 모두 다가와 미로를 안아주었다. 미로의 마음이 얼마나 아픈지를 잘 알고 있었으니까.

4. 게으른 이야기꾼

눈물호수가 넘친 사건이 있고 나서 미로는 이야기꾼을 더 자주 만나러 갔다. 미로는 어느 날, 이야기꾼에게 마을 사람들이 수군대던 이야기를 전했다.

"할아버지는 재미있는 이야기를 많이 알고 있고, 훌륭한 이야기꾼이기는 하지만 게으른 사람일지도 모른대요."

"그래? 왜 그렇게들 말했을까?"

"할아버지는 밭에 여러 가지를 심어놓기는 하지만, 풀도 잘 뽑아주지 않고, 오히려 풀들이 콩, 감자, 토마토, 오이, 호박 같은 것들과 함께 자라도록 일부러 내버려두는 거 같대요. 할아버지가 호박을 찾는 모습을 보면 풀을 찾으려는 건지, 호박을 찾으려는 건지 분간이 안 간대요. 그리고 이야기를 할 때를 빼고는 거의 매일 문 앞에 의자를 내놓고 노닥거리기만 한대요. 이야기꾼이기는 하지만, 예전에는 밭을 다른 사람에게 부탁하지도 않고 아무 말 없이 여행을 떠나기도 했대요."

"하하하! 마을 사람들 말이 맞을지도 모르지! 넌 어떻게 생각하니?"

"전 잘 모르겠어요."

"젊은 시절에 호수마을 여행을 참 많이 다니기는 했지…… 그런데, 너는 내 이야기가 어디서 나온다고 생각하니?"

"직접 겪으신 게 많겠지만, 호수마을들을 돌아다니실 때 들었던 걸 얘기해주는 거라고 어른들이 그러던데요."

"그 말도 틀리지는 않지. 하지만 예순 살이 넘도록 살면서 겪은 것도 많고 호수마을들도 많이 돌아다녔지만, 내가 사람들에게 해주었던 이야기는 돌아가신 이야기꾼님께 전해 받은 마을의 이야기와 직접 겪었던 것과 다른 호수마을에서 들었던 걸 합친 것보다 더 많아."

"어떻게 그럴 수 있어요? 전해 받은 거하고 겪은 거하고 들은 거보다 더 많은 걸 이야기하는 게 어떻게 가능해요?"

"마을 사람들이 나더러 노닥거린다고 하는 그 시간 속에 비밀이 있지. 의자를 문 앞에 내놓고 노닥거리다보면, 누군가 이야기를 하고 가거든."

"누가요? 저는 할아버지 집에 찾아오는 사람들을 본 적이 없는데요. 어른들도 마을 사람들 말고는 할아버지 집에 드나드는 사람을 본 적이 없다고 했어요. 다른 호수마을 이야기꾼을 빼고는요. 다른 호수마을 이야기꾼도 지난 몇 년 동안은 거의 오지 않았잖아요."

"그래…… 다른 호수마을 이야기꾼들도 거의 오지 않았지…… 사람이 아닐 수도 있다는 생각은 안 해보았니?"

"할아버지 이야기에 가끔 나오는 요정이요? 할아버지도 요정이 정말 존재하는지는 잘 모르겠다고 하셨잖아요. 느끼기만 했지, 보신 적은 없다고 하셨잖아요."

"분명히 그렇게 말했지."

"그럼 누가 할아버지에게 이야기를 해준다는 거예요?"

"햇살과 바람이지. 새들도 있고, 비도 있고, 구름도 있지. 나무들도 있고, 담벼락의 돌들도 있지."

"햇살과 바람이요? 새, 비, 구름, 나무, 돌이요?"

미로는 난감한 표정을 지었다. 햇살은 뜨겁고, 바람은 시원하고, 새는 지저귀는 소리가 아름답다고만 생각했기 때문이다. 나무, 구름, 비, 돌…… 다른 것들도 느낌을 준다고만 생각했지, 이야기를 들려준다고는 생각하지 않았다. 미로는 이야기꾼 할아버지가 마을 사람들 얘기대로 이상한 구석이 많은 분인지 모르겠다는 생각이 들었다.

"미로야, 살아 있는 모든 건 이야기를 갖고 있어. 죽은 것으로 보이는 것도 이야기를 갖고 있지. 세상에 죽은 것은 단 하나도 없어. 사람들 눈에 그렇게 보이는 것뿐이야. 그리고 세상에는 아주 많은 말이 있다는 것 정도는 너도 알고 있겠지?"

"그건 알지요. 어느 호수마을은 우리 마을의 말과 많이 달라서 이야기를 나누기가 아주 어렵다고 하셨잖아요. 그게 햇살, 바람, 나무, 구름하고 무슨 관계가 있어요? 새라면 모르겠지만요."

"관계가 있지! 호수마을마다 다른 마을에는 없는 말이 만들어진 건, 그 마을에 다른 마을에는 없는 것들이 있기 때문이야. 다른 마을에 없는 것들과 어울려 살다보니, 다른 마을에는 없는 말이 만들어진 거지.

햇살과 바람도 우리가 모르는 높은 하늘을 돌아다니니까, 우리가 모르는 말을 갖고 있을 수 있어. 내가 어렸을 적에 이야기꾼 스승님은 세상 모든 것들이 서로 다른 말로 이야기하고 있는데, 그 이야기를 잘 들을 줄 알아야 훌륭한 이야기꾼이 될 수 있다고 말씀하셨지."

"그럼 저는 이야기꾼이 될 수 없을 거 같아요. 다른 마을 말도 하나도 모르고, 바람과 구름, 나무의 말도 모르거든요."

"미로야, 이야기꾼들이 처음부터 그걸 알고 있는 건 아니야. 다른 사람들도 똑같아. 서두르지 마. 꼭 이야기꾼이 되지 않더라도, 너도 다른 말들을 알게 될 거야. 새들의 말뿐만 아니라

구름의 말도 알게 될 거야. 바람의 말도 알게 될 거고, 나무의 말, 바위의 말, 나비와 곤충들의 말도 알게 될 거야. 처음에는 듣기만 하겠지만, 나중에는 대화를 나눌 수도 있을 거야. 아주 오랜 시간이 걸리고, 호수마을들의 이야기를 모두 들은 후에야 가능하겠지만 말이다."

"어른들이 할아버지가 혼자서 웅얼거리는 걸 자주 보았다고 했는데 그게 혹시 바람하고 이야기를 나누는 거예요?"

"맞아. 마을 사람들 눈에는 내가 웅얼거리는 모습만 보이겠지. 말을 하는 바람은 보이지 않으니까."

"저도 바람하고 이야기를 나누었으면 좋겠어요."

이야기꾼은 바람 부는 언덕을 유심히 바라보고 있는 미로를 보면서 입가에 '나팔꽃 미소'를 만들었다. 그때, 바람이 참나무숲 아래를 지날 때 은방울꽃들에게서 들었던 이야기를 풀들에게 들려주며 시원하게 지나갔다. 풀들이 그 이야기를 듣고 '사르륵사르륵' 웃어댔다.

5. 이야기꾼의 여행

한여름의 뜨거운 열기가 조금 수그러진 어느 여름날이었다. 이야기꾼은 평소처럼 의자에 앉아 다른 호수마을과 수많은 언덕, 산을 지나온 바람과 남쪽에서 찾아온 구름이 이야기를 나누는 걸 느긋하게 바라보고 있었다.

구름과 이야기를 마친 바람은 폭이 150미터쯤 되고, 길이는 500미터쯤 되는 호수 위를 아주 작은 물결을 일으키며 지나가고 있었다. 물에 비친 커다란 버드나무 그림자가 바람이 일으킨 물결 때문에 흔들리는 게 보였다.

호숫가에서 아이들이 옷을 벗고 헤엄을 치며 노는 모습도 보였다. 헤엄을 치던 아이들은 몸이 차가워지면 호수에서 나와 햇살에 몸을 따뜻하게 덥히고는 다시 호수로 뛰어들기를 반복하며 놀고 있었다. 미로도 그 속에 있었다.

이야기꾼이 고개를 다른 쪽으로 돌렸을 때, 멀리서 미로 아빠가 걸어오는 모습이 보였다. 한 손에는 바구니를 들고 있었다. 그냥 오는 건 아니라는 느낌이 들었다. 익을 대로 익어서 입을 반쯤 벌린 밤송이 같은 질문을 마음에 품고 오는 것처럼 느껴졌다.

이야기꾼의 집에 도착해 인사를 건네며 미로 아빠가 내려놓은 바구니에는 굵은 감자가 가득 담겨 있었다. 묻었던 흙까지 깨끗하게 씻겨 있었다.

"감자를 수확했습니다. 드셔보시라고 조금 가져왔습니다."

"조금이 아니군그래. 내 밭에도 감자는 있는데…… 어쨌든 고맙네."

"이야기꾼님께서는 늘 저희보다 수확이 늦고, 오면서 감자밭을 살펴보니 올해도 전처럼 수확량이 적을 것 같던데요."

풀과 감자가 함께 뒤섞여 어느 게 풀이고, 어느 게 감자인지 분간하기 어렵게 자라고 있는 감자밭을 보면서 미로 아빠가 말했다. 이야기꾼도 감자밭 쪽을 바라보며 고개를 끄덕였다.

"맞아, 많이 나지 않을 거야. 씨알도 아주 작을 거야. 풀과 감자가 함께 자라기 위해서는 조금씩 양보를 해야 하는 법이니까, 작년이나 올해나 마찬가지겠지. 그래도 많이 부족하지는 않네. 하하하!"

이야기꾼의 너털웃음에 미로 아빠도 같이 웃었다. 마을 사람들에게 이야기꾼의 이런 감자밭 모습은 낯설지 않았다. 마을 사람들이 감자를 수확한 뒤에도 이야기꾼은 한동안 감자를 수확하지 않았다. 한참 뒤에야 수확을 하는데도 이야기꾼의 감자는 오히려 크기가 더 작았다.

이야기꾼이 감자를 수확하는 때가 되면, 혹시나 하는 마음에 마을 사람들이 우르르 구경을 하러 왔고 어김없이 이야기꾼의 감자는 알이 작았다. 이야기꾼의 수확을 돕던 마을 사람들은 이야기꾼의 감자를 손에 들어 보이며, "올해도 이야기꾼님의 감자는 해찰이 잦았던 거 같습니다!"라고 말하며 농담을 하고는 했다. 이야기꾼이 마을 사람들처럼 농사를 지었다면, 오히려 마을의 이야깃거리 하나가 사라져서 마을 사람들이 서운해했을지도 모른다.

"혹시 여행을 떠나시나요?"

"아, 미로에게서 들었나보군. 그럴까 해. 5년 동안이나 여행을 하지 않았는데, 이번에 호수마을들을 다시 여행하고 돌아오려고. 앞으로 다시 기회를 만들기가 쉽지 않을지도 모르니까."

"아직 건강하시잖아요."

"건강한 듯하지만, 멀리서 먹구름이 다가오고 있고, 그 먹구름이 몸속으로 들어올 듯한 느낌이 전보다 자주 들곤 해. 예감이 틀리면 좋겠지만, 세상일은 알 수 없지."

이야기꾼은 허전한 눈빛으로 서쪽 하늘을 바라보았다. 미로 아빠도 서쪽 하늘을 바라보았지만 먹구름은 보이지 않았다. 먼 미래를 얘기한다고 믿고 싶었지만, 마을의 이야기를 걱정하는 마음 때문이라는 생각도 들었다.

몇 년 전 이야기꾼 후계자가 이야기꾼이 되는 걸 포기한 일이 있었다. 그 일은 마을에 큰 먹구름을 드리웠고 아직까지도 마을에 짙은 그늘로 남아 있었다. 유독 이야기꾼이 적은 마을이었는데, 그나마 후계자가 사라진 상태였기 때문이다.

이상하게도 미로네 마을에서는 이야기꾼이 되려는 아이들이 적었다. 그러잖아도 한 명뿐이었던 후계자가 포기를 하고 난 이후에, 더는 후계자가 되겠다는 아이들이 나타나지 않고 있었다. 몇 년 전의 여행에서 일어난, 후계자 수업을 받던 '애린'이 겪은 사건 때문이었다. '애린'이 10년 가까이 후계자 수업을 받은 터여서 마을 사람들의 상심은 몹시 컸지만, 누구도 이야기꾼을 비난하지 않았고 애린의 선택을 나무라지도 않았다. 억지로 시킬 수 있는 일이 아니라는 걸 알기 때문이었다.

"이번 여행은 얼마나 걸리나요?"

"두 달은 훨씬 넘게 걸릴 듯하네. 아마도 석 달은 걸리겠지.

계절이 바뀌고 나서야 돌아오지 않을까 싶어."

이야기꾼은 미로 아빠에게 밤송이에서 빠져나오지 못한 밤알 같은 질문이 남아 있다는 걸 다시 느꼈다.

"하고 싶은 이야기가 있나?"

"혹시 이번 여행에 미로를 데리고 가주시면 안 될까 해서요. 아무래도 힘든 부탁이겠지요?"

"말동무가 생기는 거니 나는 좋지만 미로가 힘들어하지 않을까? 혹시 무슨 이유라도 있나?"

"미로 엄마가 세상을 떠난 후에, 이 마을의 곳곳이 저와 미로에게 아주 힘든 공간이 되었습니다. 미로 엄마의 다정함이 곳곳에 배어 있고, 이야기가 배어 있어서요.

곳곳에서 엄마의 다정했던 기억을 만나는 일이 미로에게 너무 힘들지요. 힘들어하는 미로를 지켜보는 일이 제겐 두 배로 더 힘들고요. 미로가 다른 호수마을을 여행하고 돌아오면 고통을 견딜 수 있는 힘이 조금이라도 생길까 해서요. 미로에게 힘이 생기면 제게도 힘이 생기게 될 테니까요."

이야기꾼은 조금씩 짙어져가는 노을을 보았다. 사랑하는 사람을 갑자기 떠나보낸 고통은 시간이 지날수록 진해질 수도 있다는 걸 이야기꾼은 알고 있었다.

미로 아버지의 부모님도 일찍 세상을 떠났다. 미로네는 이상하게도 슬픔이 너무 빨리 찾아오는 집이었다. 얼마 전의 슬픈 사건은 두 배로 커다란 슬픔이었다. 미로의 동생을 낳던 미로 엄마가 난산으로 숨을 거두었고, 미로의 동생마저 끝내 세상을 보지 못했다. 새로운 가족을 맞는다는 부푼 기대와 행복이 오히려 슬픔으로 돌변하여 미로네 가족을 덮쳤다.

누구나 슬픔을 겪지만, 누군가에게는 더 가혹하게 찾아드는 이치를 이야기꾼은 아직도 이해하기 어려웠다. 슬픔도 자주 다니는 길이 따로 있는 것인지……

서쪽 하늘을 지켜보던 이야기꾼은 미로 아빠 쪽으로 고개를 돌렸다.

"미로가 원한다면, 미로와 함께 여행을 떠나겠네. 석 달은 족히 걸릴 텐데. 그래도 괜찮겠나?"

"마을에서 배워야 할 것들이 있겠지만, 어떤 때는 그게 중요한 게 아닌 것 같습니다. 지금은 이 마을을 떠나 다른 호수마을을 돌아보며 이야기를 들어보는 게 더 중요한 일인 것 같습니다."

"미로도 알고 있는가?"

"허락을 해주시면 미로에게 말하려고 하는데, 미로도 분명 좋아할 겁니다. 이야기꾼님 집에 다녀오고 나면 늘 다른 호수마을들을 궁금해하니까요."

"그러면 사흘 뒤에 떠날 테니, 미로의 짐을 꾸려두게. 미로가 가겠다고 하면."

"큰 폐를 끼치게 된 것 같습니다."

"그런 말 말게. 이번 여행으로 미로가 이야기꾼이 되겠다고 할지 모르는데, 그건 생각을 해보았나?"

"아무나 이야기꾼이 되는 건 아니지만, 미로가 이야기꾼이 되겠다고 하면 이번 여행이 아주 값진 시간이 되겠지요."

"고통을 겪고 난 뒤에야 이야기꾼이 될 수 있는 법이라네. 미로라면 좋은 이야기꾼이 될 수 있을 거야."

"여행을 다녀오고 나면 미로의 생각을 들을 수 있을 것 같습니다."

"그럼 사흘 뒤에 보세."

이야기를 나누는 사이에 해는 서편 산 쪽에 도착해 있었다. 나무들의 그림자가 길어질 대로 길어졌고, 호수에서 놀던 아이들도 집으로 돌아갔다.

올 때보다 가벼워진 걸음으로 미로 아빠가 언덕을 내려갔다. 그 모습을 보면서 이야기꾼은 어머니 모습을 떠올렸다. 어머니도 저렇게 언덕을 걸어내려가셨으리라. 벌써 50년이 넘은 일이다. 이야기꾼의 마음속에 보라색 안개가 촉촉하게 피어올랐다. 너무나도 오래전 일인데, 금방이라도 안개가 다시 몽글몽글 물방울로 변할 것 같았다.

미로 아빠가 떠난 뒤, 이야기꾼은 집 뒤편의 담장을 보러 갔다. 미로가 이야기꾼이 된다면 담장에 대한 이야기를 들려주게 될 것이다. 집 뒤편의 담장은 이야기꾼에게 이야기를 전수해준 스승 이야기꾼이 직접 쌓은 담장이었다. 돌과 흙으로 쌓은 담장은 이야기꾼이 어린 시절 보았던 모습에서 거의 달라지지 않았기 때문에 자주 옛날을 떠올리게 해주었다.

젊은 시절, 호수마을을 한 번에 모두 여행하느라 1년이 훨씬 지나 돌아왔을 때의 일이 생각났다. 돌아왔을 때, 나이가 많아 함께 가지 못했던 스승 이야기꾼이 돌아가신 걸 알았다. 더는 함께 가지 못할 걸 아셨기 때문에 호수마을을 한 번에 다 돌아보라고 말씀하셨던 것이다. 스승 이야기꾼은 이야기꾼이 마을을 떠난 지 채 한 달도 안 되어 돌아가셨다.

다른 마을 같으면 스승 이야기꾼이 돌아가고, 후계자 이야기꾼이 여행을 떠났다 하더라도 다른 후계자가 집을 지키고 있었겠지만, 이상하게도 미로네 마을은 이야기꾼 후계자가 되려는 사람이 거의 없었다. 이야기를 소중히 여기지 않는 마을도 아니었는데 그랬다. 스승 이야기꾼이 돌아가셨을 때도 이야기꾼이 유일한 후계자였다.

스승 이야기꾼의 집을 물려받은 이야기꾼은 집을 손보고, 담장의 돌 하나하나를 매만지면서 그 돌들마다 이야기가 하나씩 알알이 들어차 있다는 것을 새삼 깨달았다. 아무리 많은 세

월이 흘러도 결코 허물어뜨리거나 망가지게 해서는 안 된다는, 마을의 이야기도 담장처럼 지켜야 한다는 생각이 절실하게 다가왔다. 그것이 바로 이야기꾼이 해야 하는 일이었으니까. 하지만 이야기꾼 후계자가 되려고 10년이나 이야기꾼 곁에 있었던 '애린'이 몇 년 전에 이야기꾼이 되기를 포기한 후에는 이야기꾼이 되겠다고 나선 아이가 아무도 없었다.

미로가 이야기꾼이 될 수 있을까? 미로는 아직 어린데 시간이 얼마나 남은 걸까? 이야기꾼은 담장의 돌들을 다시 매만졌다. 돌들이 품고 있는 이야기가 누구에게도 전할 수 없는 이야기가 될지도 모른다는 생각에 이야기꾼의 가슴속 먹구름이 비가 되어 내리기 시작했다.

6. 여행의 시작

집으로 돌아간 미로 아빠는 저녁을 먹으며 미로에게 조심스럽게 이야기를 꺼냈다.

"미로야, 아까 아빠가 이야기꾼님께 감자를 갖다드렸어."

"감자를요? 하긴 할아버지 감자는 풀들 사이에 숨어 있어서 있는지 없는지도 모르겠어요. 할아버지는 풀들과 감자가 나누는 이야기를 들어야 한다고 내버려두시거든요. 이상하기는 하지만 할아버지 말씀을 아주 조금은 알 거 같아요."

"어떤 걸?"

"가만히 귀를 기울이고 있으면, 감자와 풀들이 이야기를 나누는 게 들린다고 하셨어요. 처음에는 이상하게 들렸는데, 정말로 감자와 풀들이 이야기를 나눌지도 모른다는 생각이 들어요."

"미로야…… 너 이야기꾼이 되고 싶니?"

미로는 감자 반찬을 오물거리며 밥을 먹다가 아빠의 질문에 잠시 생각에 잠겼다. 이야기꾼이 되고는 싶지만, 이야기꾼이 되려면 다른 호수마을도 가보아야 하고, 사람들에게서 많은 이야기도 들어야 하는데, 쉽지 않은 일이라고 생각했다.

아이들끼리 모여서 몇 년 전에 있었던 애린 형의 불행한 사건에 대해서 가끔 이야기를 나누었다. 아무도 그 일을 자세하게 알지 못하기 때문에 늘 추측만 할 뿐이었지만, 아이들의 마음에는 이야기꾼이 되는 것에 대한 두려움이 심겨 있었다. 미로도 두려웠다.

"되고는 싶지만, 할아버지 이야기를 들어보면 아주 시간이 많이 걸리는 일이고 쉬운 일 같지 않아요."

"오늘 이야기꾼님께 사흘 뒤에 여행을 떠나실 때 너도 함께 데려가주면 안 되겠느냐고 부탁했어."

미로의 눈이 커졌다. 할아버지가 다른 호수마을을 둘러보려고 여행을 떠나신다고 했을 때 따라가고 싶다는 생각은 했지만, 함께 여행을 갈 수 있으리라고는 생각하지 못했다.

미로는 마을의 모든 아이들처럼 마을 밖을 나가보지 못했다. 아이들과 이야기꾼이 사는 집 뒤편의 높은 언덕에 올라가 멀리 보이는 숲을 바라보고는 했지만, 그 숲 뒤로는 다른 호수마을이 아니라 또다른 숲이 보일 뿐이었다. 이야기꾼 할아버지 말씀으로는 가장 가까운 호수마을도 산과 언덕을 열 개는 넘어야 있다고 했다.

이야기꾼이거나, 이야기꾼이 될 수 있는지 알아보기 위해서거나, 당나귀를 타고 급하게 다른 호수마을로 연락을 하러 가는 일을 맡는 경우가 아니라면 미로도 마을 사람들처럼 평생 동안 마을을 떠나지 않을 것이다. 그런데 여행을 떠난다니! 하지만 미로는 이야기꾼과 함께 여행을 간다는 사실이 기쁘게만 받아들여지지는 않았다. 왠지 모르는 두려움과 무거움이 함께 찾아왔다. 이야기꾼과 여행을 함께 하는 게 어떤 의미인지 모두가 알고 있기 때문이다. 여행을 하고 난 뒤에 미로가 아무런 결정을 하지 않는다면 마을은 슬픔 하나를 다시 확인하게 될 것이다. 그리고…… 미로가 떠나고 나면 집에는 아빠 혼자 남게 된다.

"할아버지가 뭐라고 하셨어요?"

"널 데리고 가겠다고 하셨다."

미로 아빠는 미로가 좋아할 거라고 생각했지만, 정작 미로의 얼굴에는 옅은 회색 구름이 몰려들고 있었다.

"가고 싶지 않은 거니?"

"가고 싶지만, 제가 가고 나면 아빠 혼자잖아요."

미로 아빠는 잠시 말을 하지 못하고 전 같으면 미로 엄마가 분주하게 음식을 준비하고 있었을 부엌 쪽을 바라보았다. 미로도 아빠가 바라보는 부엌 쪽을 바라보았다. 미로는 엄마가 저녁 준비를 하고 있을 때, 창 너머에 무슨 일이 벌어지고 있는지 물어보고는 했다.

창밖의 일이 정말로 궁금해서 물어본 건 아니었다. 창밖에서 벌어지는 일은 언제나 비슷했다. 언제나 비슷한 그 일들에 대해 엄마가 색다르게 설명해주는 이야기를 듣는 게 좋았기 때문이었다. 엄마의 이야기를 들으면서, 미로는 엄마가 이야기꾼이 되었을지도 모른다고 생각하고는 했다. 얼마 전까지는 태어날 동생에 대한 이야기를 많이 나누었다. 하지만 이제 엄마의 이야기를 더는 들을 수 없다. 동생과 이야기를 나누려던 꿈도 이제 사라졌다.

창밖은 어둑했다. 창 너머가 어스름하게 보였지만, 창 너머를 보는 건 아니었다. 엄마의 그림자가 있을 듯해서 부엌을 보는 거였다.

한참을 부엌을 바라보던 미로 아빠가 말문을 열었다.

"네가 이야기꾼이 될 수 있을지 결정하기 위해서 여행을 떠난다고 하면, 엄마도 무척 좋아했을 거야. 그리고…… 아빠가 혼자 있다고 생각하지 않았으면 좋겠다. 아빠는 늘 엄마가 함께 있다고 느끼니까.

아빠는 이야기꾼님처럼 다른 호수마을을 여행해보지 않아서 '그리움거울 호수'를 가보지도 못했고, '꽃들의 숨안개'도 만나보지 못했지만, 이야기꾼님의 이야기를 모두 믿고 있고, 이야기꾼님이 어떤 이야기를 하는지도 이해할 수 있어. 사랑하는 사람이 어디 있는지 알고 있어."

"엄마가 그 호수에 있다는 거예요?"

"그건 네가 이야기꾼님과 여행을 다녀온 뒤에 이야기를 나누는 게 좋겠다. 지금 이야기할 수 있는 건 아니라는 생각이 들거든."

미로도 아빠에게 더는 묻지 않았다. 두 사람은 말없이 저녁을 먹었다. 밥을 먹으며, 엄마가, 아내가 분주하게 음식을 준비하던, 이제는 어둠만 보이는 부엌 쪽을 다시 바라보았다. 시간이 멈추었다가 다시 가고는 하는 듯했다.

저녁을 다 먹고 나서 아빠와 설거지를 하면서 미로가 말했다.

"아빠, 여행을 다녀올게요. 그런데 할아버지가 시간이 많이 걸린다고 하셨는데 얼마나 긴 여행인 거예요?"

"최소한 두 달 넘게 걸린다고 하셨어. 아마 석 달은 잡아야 할 거야. 우리 호수마을 말고도 호수마을들이 엄청 많고, 큰 호수마을만 해도 스무 곳이나 되는데, 대여섯 마을만 보고 돌아온다고 해도 최소한 두 달은 넘게 걸리겠지."

미로는 또다시 걱정이 되었다. 이제 여름이 끝나가고 있으니, 여행이 끝날 때쯤이면 가을도 깊어질 대로 깊어져 있을 것이다. 아빠가 혼자서 수확을 해야 한다. 전에는 엄마가 도와주었지만, 미로가 여행을 떠나고 나면, 이제는 아빠 혼자서 모든 것을 해야 한다.

미로가 만들고 있는 적막이 집에 대한 걱정 때문이라는 걸 아빠는 알고 있었다.

"미로야, 이제 너는 겨우 열한 살이야. 네가 수확을 걱정하지 않아도 돼. 이웃들이 도와줄 거야. 아빠는 멀리 여행을 떠나야 하는 네가 더 걱정이다. 아프기라도 할까봐 걱정이야."

여행을 떠나기 전날 저녁, 미로 아빠와 미로는 짐을 꾸렸다. 두 사람 모두 말이 없었다. 가끔 소쩍새 우는 소리가 창틈으로 새어 들어와 침묵하고 있는 집안을 깨웠고, 가구들을 덜그럭거리게 했다.

그날 밤 미로의 방에서 아주 작게 훌쩍이는 소리가 새어 나왔다. 미로 아빠의 방에서도 아주 작게 한숨 소리가 새어 나왔다. 귀기울여 듣지 않았다면, 나뭇잎에 매달렸던 이슬방울이 호수에 떨어지는 소리와 구별하기 어려웠을 테고, 바람에 흔들리던 나뭇잎이 더 버티지 못하고 떨어지며 허공에 풀어놓는 아쉬움의 소리와 구별하기 어려웠을 것이다.

방에서 새어 나오는 소리는 새벽까지 이어졌다. 밤새 울던 소쩍새 울음소리보다도 더 오래 이어졌다. 다음날 아침 마을 사람들이 미로와 미로 아빠를 눈여겨보았다면 두 사람 모두 눈이 부어 있는 걸 알아챘을 것이다. 어쩌면 마을 사람들 모두 그 사실을 알면서도 말을 하지 않았는지도 모른다.

미로 아빠가 미로의 배낭을 메고 앞장서서 집을 나섰을 때, 집 앞에는 미로를 배웅하려는 이웃들이 모여 있었다. 모두들 말은 많이 하지 않았다. 미로를 평소보다 더 오래 꼭 껴안아주었을 뿐이다. 그중에서도 예전에 이야기꾼 후계자가 되려 했던 '애린' 형이 가장 오래 미로를 안아주었다. '애린'은 미로에게 뭔가를 말하려다가 그만두었다. '애린' 형의 눈동자에 많은 이야기가 담겨 있었지만, 미로는 아버지와 헤어져야 하는 슬픔 때문에 눈치채지 못했다. 미로는 마을 사람들과 작별인사를 나누며 몸짓이 또다른 말이라는 걸 깨달았다.

미로가 떠나는 날은 안개가 잔뜩 끼어 있었다. 호수마을들은 안개가 잦은 편이지만, 그날의 안개는 평소보다 더 짙고 촉촉했다. 그 안개 속으로 미로와 미로 아빠와 촌장이 사라져 보이지 않을 때까지 이웃들은 손을 흔들었다. 미로는 그날따라 안개에 습기가 가득하다고 생각했다. 눈가가 자꾸 촉촉해졌으니까.

흐릿한 안개 속에서도 이야기꾼 할아버지의 집이 보이기 시작했다. 미로가 아무리 천천히 가려고 해도 이야기꾼 할아버지의 집은 점점 선명해졌고 점점 가까워졌다. 천천히 걷는 미로를 보면서 미로 아빠와 촌장은 가끔씩 걸음을 멈추고 미로를 기다렸다. 같은 걸음으로 걸어도 차이가 났을 텐데, 미로는 그 걸음을 아주 느리게 디뎠으니까. 미로를 바라보면서 미로 아빠도 그날따라 안개가 너무 촉촉하다고 생각했다.

집 앞에서 이야기꾼이 기다리고 있었다. 등에 배낭을 메고 있는 모습이 떠날 준비가 끝났다는 것을 알려주었다. 이야기꾼이 손을 내밀어 미로 아빠와 촌장과 악수를 했다. 이야기꾼이 미로 아빠를 보고 말했다.

"날이 더워지기 전에 일찍 나서려고 하네. 너무 걱정하지 말게. 호수마을들을 오래 여행했네. 작은 사건들쯤은 생길지도 모르지만, 그건 어느 세계에서나 벌어지는 일이라네. 미로를 잘 보살피겠네. 내가 첫 여행을 떠난 것도 미로만한 나이였네. 미로는 그때의 나보다 튼튼하니, 별일 없을 걸세."

미로 아빠에게 걱정 말라는 말을 했지만, 말을 하는 이야기꾼의 표정이 밝지만은 않았다. 이전의 사건을 마을 사람들 모두가 알고 있기 때문이었다. 그리고 이번 여행은 그 여행 이후로 이야기꾼이 처음 떠나는 여행이었다.

미로 아빠는 이야기꾼의 말을 들으며 걱정하는 내색을 전혀 비치지 않았다. 이야기꾼을 믿기 때문이었다.

“고맙습니다! 밭이랑 집은 제가 가끔 와서 살펴보겠습니다.”

“저도 종종 와서 살피겠습니다.”

미로 아빠 옆에서 촌장이 거들었다.

“특별히 살필 것도 없는데 뭘……”

“미로야, 할아버지 말씀 잘 듣고. 건강하게 다녀와.”

미로는 아무 말 못하고 아빠를 껴안았다. 안개가 아까보다 더 촉촉하게 느껴졌다. 아빠는 미로의 등에 배낭을 단단히 고정시켜주었다. 미로의 작은 등에 비해 배낭이 너무 커 보였다.

“미로야, 이제 떠나자.”

“예, 할아버지.”

미로 아빠와 촌장은 언덕 끝까지 함께 갔다가, 미로와 이야기꾼이 언덕 아래로 내려가는 모습을 오래 지켜보았다. 미로는 잠시 가다 돌아보고, 잠시 가다 돌아보고는 했다. 하지만 결국 미로와 이야기꾼의 모습은 안개 속으로 사라졌다.

“잘 다녀와……”

미로 아빠는 미로가 사라진 곳을 향해 나지막이 작별인사를 건넸다. 그러고도 한참을 마을 한가운데서 늘 커다란 그늘을 드리우고 있는 느티나무처럼 서서 이제는 두 사람이 보이지 않는 길을 바라보았다. 하필 오늘 같은 날 짙은 안개가 끼어 멀리까지 바라볼 수 없는 것이 야속하기만 했다. 한줄기 바람이 새끼가 보이지 않아 슬퍼진 어미 고양이 울음소리를 내며 지나갔다.

7. 친구가 사는 호수마을

이야기꾼과 미로는 언덕을 몇 개 넘고 산모퉁이도 두 개를 돌았다. 아침 일찍 나섰는데 벌써 해가 높이 솟았다. 가는 길 중간중간 나무들이 그늘을 만들어주었지만 더위는 기세등등했다. 나무 그늘 사이를 지날 때에도 그늘 사이로 열기가 비집고 들어왔다. 두 사람의 등줄기에 땀이 흘렀다.

두 사람은 넓게 그늘을 드리우고 있는 커다란 느티나무를 만나자 그 아래에서 쉬기로 했다. 그늘에 앉아 잠시 숨을 돌린 이야기꾼은 배낭에서 삶은 감자와 염소젖 치즈를 꺼냈고, 걸어오면서 딴 산딸기도 곁들였다.

“여행 첫날은 뭔가 알 수 없는 묘한 기분이 들어서 음식이 잘 넘어가지 않지만, 그래도 먹어두는 게 좋아. 먼길을 가려면 힘이 있어야 해.”

“이상하게 배가 안 고파요. 몸이 호수와 구름 사이에 붕 떠 있는 거 같아요. 그 반대인 거 같기도 하고요. 물속에 오래 잠겨 있는 거 같기도 해요.”

“무슨 말인지 알겠다. 나도 맨 처음 여행을 떠났을 때, 꼭 그런 기분이었던 같거든.”

“할아버지도요? 언제 처음 여행을 떠나셨는데요?”

“그때가 열한 살이었으니, 꼭 너만 할 때 첫 여행을 떠났지.”

“그때 이야기꾼이 되시기로 한 거예요?”

“이야기꾼이 되기로 결정하고 여행을 떠난 건 아니야. 그때 갑자기 아버지가 돌아가셨어. 사고였지…… 10년 전에 돌아가신 작은아버지와 함께 나무를 하러 가셨는데, 갑자기 돌풍이 불어서 자르던 나무가 아버지 쪽으로 쓰러졌어. 피하려고 하셨지만, 발을 헛디디는 바람에 쓰러지는 큰 나무를 피하지 못하셨어. 그 사고 때문에 눈물호수가 넘치고, 마을이 잠겼지.”

“할아버지 때문이었겠네요…… 우리 엄마가 돌아가셨을 때처럼 넘쳤겠네요……”

“그랬지……”

“마을 사람들 모두 언젠가는 가족을 잃게 되잖아요. 얼마 전에도 옆집 할아버지가 돌아가셨는데, 왜 그런 때는 눈물호수가 심하게 넘치지 않아요?”

"너와 내가 겪은 슬픔은 갑작스러운 거니까…… 누구나 언젠가는 가족을 잃지만, 그런 일이 돌풍처럼 갑자기 찾아오는 경우는 그리 많지 않아. 누군가 우리 곁을 떠나는 일이 갑자기 찾아오지 않으면 서로 마음의 준비를 했다가 위로해주고, 위로받을 수 있지만, 갑자기 찾아온 슬픔은 쉽게 위로할 수 없어. 위로를 해주어야 하는 사람들도 어쩔 줄 모르고. 그래서 눈물호수가 더 많이 넘치는 거야."

"그럼 아빠는요? 아빠에게도 갑작스러운 슬픔이잖아요? 저와 아빠가 눈물호수를 넘치게 했다면 마을이 더 빨리 잠겼을 거잖아요?"

"그건 너 때문이지. 네가 눈물호수에 완전히 잠기면 안 되니까, 아빠가 참으신 거지."

미로는 아빠 생각이 다시 간절해졌다. 안개도 사라졌는데 눈은 아까처럼 촉촉하게 느껴졌다.

"너무 덥구나. 한두 시간 낮잠을 자고 출발하자."

두 사람은 하늘을 보고 느티나무 그늘 아래에 누웠다. 하늘에는 구름이 지나가고 있었다. 바람이 구름을 주물럭거려 이 모양 저 모양을 연이어 찍어 흘려보내고 있었기 때문에, '졸졸졸' 소리만 들렸더라면 하늘을 보고 있는지, 이 모양 저 모양의 그림자가 비쳐 흘러가는 시냇물을 보고 있는지 분간하기 어려웠을 것이다. 낮잠을 자겠다고는 했지만 두 사람 모두 잠이 오지 않았다. 한참 하늘을 바라보다가 미로가 이야기꾼에게 물었다.

"맨 처음 가는 호수마을은 어떤 마을이에요?"

"큰 호수마을들을 여행하기 전에, 친구가 살고 있는 작은 호수마을에 먼저 갈 계획이야. 그 마을도 우리 마을만 하고, 가장 가까운 곳에 있기도 하지. 오랜만에 친구를 만나 그동안 어떻게 지냈는지 알아봐야지."

"그다음에는 어디로 가나요?"

"아직 결정하지 않았어. 이야기꾼들은 가야 할 호수마을과 일정을 정해놓고 여행을 떠나는 일이 흔치 않아. 어느 언덕을 넘다가 갑자기 예정에 없던 호수마을로 방향을 틀기도 하고, 호수마을에서 하룻밤만 묵으려다가 이틀, 사흘을 묵기도 하지. 다른 호수마을에서 온 이야기꾼을 만나게 되면 마음이 변하거든.

앞으로 만나는 몇 개의 큰 호수마을과 작은 호수마을들을 그냥 지나치더라도 '두 얼굴 호수마을'에는 가봐야 할 것 같다. 나 혼자였다면 가고 싶지 않은 마을이지만, 너와 함께 여행을 떠나왔으니 한번 들러볼까 해. 마음에는 안 들지만, 호수마을들 중에 가장 큰 마을이니까……

두 얼굴 호수마을은 멀리 있기 때문에 도중에 다른 큰 호수마을 한두 곳은 가보아야 할 거야. 남쪽으로 길을 잡을지, 북쪽으로 길을 잡을지에 따라 달라지겠지. 그건 가면서 좀더 생각해보자."

"그런데 왜 두 얼굴 호수마을이란 이름이 붙었어요?"

"두 얼굴 호수마을은 이야기꾼들이 부르는 별명 중 하나야. 호수의 모양 때문에 '호리병박 호수마을'이라고도 부르는데, 가운데가 잘록한 호수의 양쪽 끝에 의견이 다른 사람들이 나뉘어 살고 있기도 하고, 같은 편에 사는 사람들 간에도 의견 충돌이 잦아서 두 얼굴 호수마을이라는 이름을 붙였지. 그 마을 사람들은 호리병박 호수마을이라고 불리는 것도 싫어하지만, 두 얼굴 호수마을이라고 불리는 걸 가장 싫어해. 그 마을 사람들은 자기 마을을 '엄지 호수마을'이라고 부르지. 호수마을들 중에서 가장 크거든. 마을 사람들이 모여서 나누는 이야기를 듣다보면 어리둥절하게 될 거야. 그 마을 사람들은 모든 일을 두 가지로만 나누어 이야기를 하거든."

"두 가지로만이요?"

"그 마을 사람들은 늘 두 편으로 나누어서 생각을 해. 네가 친구들과 두 편으로 나누어서 놀이를 하는 것과 비슷한 거야. 두 얼굴 호수마을 사람들은 매일 그런 놀이를 하고 있는 셈이지. 그 때문에 마을이 아주 시끌벅적해. 말다툼도 자주 일어나고."

"별로 좋은 거 같지 않아요. 우리 마을하고 많이 다를 거 같아요."

"꼭 그렇지는 않아. 나도 아주 젊었을 때는 사람들이 딱 두 종류인 줄 알았어. 예를 들면 이런 식이지. 성격이 급한 사람들과 급하지 않은 사람들이 있다고 생각했지."

"맞는 말 같은데요? 사람들이 '재는 성격이 급해'라고 말하거나 '재는 성격이 느려터졌어'라고 말하지, '재는 성격이 급하면서 느려터졌어'라고는 하지 않잖아요?"

"하하하! 미로 너는 열한 살 때의 나보다 관찰력이 뛰어나구나. 그래, 네 말이 맞다. '재는 성격이 급하면서 느려터졌어'라고 하지는 않지. 그런데 사람들이 잘 몰라서 그렇지, 실제로는 사람들에게 '성격이 급하고 느려터졌어'라고 하는 말이 어울리는 면도 많아."

"정말이요? 그렇게 말하는 사람은 없는데요?"

"사람들은 늘 종류를 나눠. 겉으로 드러난 모습으로 사람들을 나누고 나면, 그다음에는 보이지 않는 것으로 나누려고 하지. 사람만 나누는 게 아니야. 생각도 나누고, 느낌도 나누지. 그렇게 끝없이 나누고 나누어서 같은 모습의 사람들을 찾으려고 그러는 건지, 그냥 사람들을 계속해서 나누고 나누어서 혼자가 되려는 건지 알 수 없을 정도야."

"정말 모든 게 그렇게 나누어질 수 있어요?"

"나누어질 수 없는 게 많지. 성격이 급한 것과 느린 것의 차이를 너는 느끼니?"

"잘 모르겠어요. 옆집 동생과 같이 놀려고 옆집에 가면 그 애는 항상 겨우 밥을 먹고 옷을 입으려는 중이거든요. 옷을 입는 걸 보고 있으면 어느 날은 가슴이 터지고, 어느 날은 그저 그래요. 혹시 시간 때문이에요?"

"글쎄, 두 얼굴 호수마을 사람들은 시간 때문이라고는 말하지 않는 것 같은데, 호수를 보고 나면 답을 얻을 수도 있겠지."

"그런데 할아버지, 두 얼굴 호수마을이 마음에 들지 않으면 나중에 가도 되지 않아요?"

"미로야, 처음 여행을 떠난 너에게 두 얼굴 호수마을의 모습이 못마땅할지 모르지만, 나중에 네가 이야기꾼이 되겠다고 결심을 할지도 모르기 때문에, 좋은 것만을 보게 할 수는 없다는 생각이 든다. 이야기꾼의 삶에 좋은 것만 찾아오는 건 아니거든. 어떤 게 너에게 좋은 답이 될지는 알 수 없어. 못마땅해도, 두 얼굴 호수마을은 호수세계의 중간쯤에 위치해 있어서 다른 호수마을에서 온 이야기꾼들을 가장 많이 만날 수 있는 곳이기도 하거든."

두 사람이 이야기도 나누고 구름도 보고 하는 사이에 햇살이 조금은 누그러져 있었고, 공기도 정오 때보다는 시원해져 있었다. 느티나무 그림자도 동쪽으로 조금 길어져 있었다. 두 사람은 배낭을 메고 다시 길을 나섰다.

이야기꾼은 미로의 보폭에 맞추어 천천히 걸어가며, 미로에게 여러 이야기를 해주었다. 커다란 호수마을들 사이에도 사람들이 사는 작은 마을들이 있다. 그런 마을들은 가까운 호수마을 사람들과 비슷하게 살아가기도 하지만, 꼭 그런 것만은 아니다. 비슷한 색을 가진 꽃들이지만 모양이 다르고, 비슷한 모양을 가진 꽃들이어도 향기가 다르고, 비슷한 향기를 가지고 있어도 모양과 색이 다른 것과 마찬가지다. 큰 호수마을들 사이의 작은 호수마을들도 그렇게 조금씩 다르게 살아간다. 그리고 아무리 작은 마을에도 반드시 이야기꾼이 있다. 작은 마을에서 듣는 이야기들도 마음에 잘 담아두어야 한다. 이야기꾼은 미로에게 그런 이야기를 해주었고, 걸으며 만난, 마을에서 보지 못한 낯선 풍경이 담고 있는 이야기도 해주었다.

그날 밤 두 사람은 숲에서 첫 야영을 했다. 미로는 잠이 오질 않았다. 미로는 밤하늘의 별을 보면서, 호수마을들이 별 같다는 생각이 들었다. 밤하늘의 별은 밝기만 보고서는 그 크기를 알 수 없다. 밝다고 다 큰 별은 아니다. 거리에 따라 빛의 밝기는 달라질 수 있으니까. 호수마을들도 그럴 거 같았다.

두 사람은 다음날도 숲에서 묵고, 걷고 걸어 사흗날 어둑해질 무렵이 되었을 때 이야기꾼의 친구가 살고 있다는 작은 마을에 도착했다. 이야기꾼은 나흘째에 도착할 줄 알았는데 생각보다 빨리 도착해서, 미로를 보며 정말 잘 걷는다고 감탄을 했다. 미로도 스스로에게 놀랐다. 3일밖에 되지 않았는데 다리가 단단해진 느낌이었다.

마을 위 하늘에 굴뚝에서 흘러나온 밥 짓는 연기들이 춤추고 있었다. 마을의 여러 굴뚝에서 피어오른 연기를 보고 있으니 미로는 배가 고파졌다. 첫날은 처음 여행을 떠난 긴장감 때문에 음식이 넘어가지 않았고, 이틀째에도 배가 많이 고픈 줄 몰랐는데, 미로의 마을에서 저녁마다 보았던 밥 짓는 연기를 보자 배고픔이 왈칵 밀려왔다.

이야기꾼은 마을에 들어서자마자 마을 한가운데로 나 있는 큰길을 따라 주저 없이 걸어갔다. 마을 한가운데 커다란 은행나무가 서 있었는데 이야기꾼은 미로를 데리고 은행나무에서 가장 가까운 집으로 향했다. 집의 대문은 열려 있었고, 저녁을 준비하던 주인은 이야기꾼을 보자마자 반갑게 달려와 이야기꾼을 끌어안았다.

"아니 이게 누군가! 구루, 어서 오게, 어서 와! 대체 그동안 어떻게 지냈나. 여행은 떠나지 않더라도 우리 마을에는 좀 올 것이지, 이 무심한 사람아!"

"미안하네, 정말 미안하네! 다우, 그동안 잘 지냈나? 한동안 여행을 떠날 기운을 얻지 못하고 있었는데, 함께 여행할 친구가 생겨서 길을 나섰네!"

"그러고 보니 동행이 있군! 반갑다! 정말 반가워! 네 덕분에 구루가 다시 여행을 떠나게 되었구나!"

미로는 이야기꾼 할아버지의 친구가 자신을 너무 반가워하는 게 부담스러웠지만, 한편으로는 기분이 좋았다. 미로는 두 사람의 대화를 들으며 이야기꾼 할아버지의 이름이 '구루'라는 것을 처음으로 알게 되었다. 마을 사람들 누구도 할아버지의 이름을 부른 적이 없었고, '이야기꾼님'으로만 불렀다.

"미로야, 인사드려라. 친구 '다우'야. 이 친구는 이 마을의 이야기꾼이야. 이 마을의 모든 이야기가 이 친구에게 들어 있지. 우린 아주 오래전에 만났어. 50년이 넘었지. 스승 이야기꾼님을 따라 첫 여행을 떠났을 때도 바로 이 집에서 묵었어. 나를 데리고 여행을 떠나셨던 이야기꾼님이 이 친구의 할아버지와 친구셨고, 이 친구의 할아버지도 이야기꾼이셨어. 그 인연으로 여행을 떠날 때마다 이 마을을 처음으로 찾고, 바로 이 집에서 묵지. 우리는 함께 여행을 다닌 적도 아주 많아."

"이름이 미로구나! 우리 작은 손녀와 나이가 비슷하겠구나. 이따가 소개를 해주마. 그동안 쉬면서 집을 구경하고 있어라."

미로가 잠시 눈으로 집을 살펴보는 동안 두 이야기꾼은 가을 국화 두 송이처럼 그윽하게 마주앉아 이야기를 나누었다. 그사이에 저녁은 좀더 깊어졌고, 그러던 중 집안에 누군가 들어섰다. 다우 할아버지의 아내와 아들 부부, 두 손녀딸이었다. 밭일이 늦게 끝났다고 했다. 다우 할아버지는 저녁식사를 준비하기 위해 먼저 돌아와 계셨던 것이다.

다우 할아버지의 가족들은 구루 할아버지를 보자 너 나 할 것 없이 달려와 손을 잡고 끌어안으며 반가워했다. 두 이야기꾼이 얼마나 가까운 사이인지를 알 수 있었다.

저녁 식탁에는 다우 이야기꾼의 가족 여섯 명에 구루 할아버지와 미로가 방문했다는 소식을 전해듣고 달려온 다우 이야기꾼의 제자인 마흔 살이 넘어 보이는 이야기꾼과 촌장까지 더해져 모두 열 사람이 둘러앉았고, 많은 이야기를 나누었다. 주로 두 이야기꾼이 얘기를 했다. 서로 친구를 오랜만에 만났기 때문이다. 다우 이야기꾼의 큰 손녀딸은 열다섯 살이었고, 이름이 '다나'였는데 작년부터 정식으로 이야기꾼 후계자 수업을 받는다고 했다. 다나 말고도 마을에는 여러 명의 후계자가 있다고 했다. 미로는 부러운 마음이 들었고, 어쩌다가 우리 마을에는 후계자가 한 사람도 없게 되었을까 하는 슬픔이 찾아들었다.

작은 손녀딸은 이름이 '다루'라고 했는데, 미로와 같은 열한 살이었다. 다루는 이야기꾼이 되지는 않을 거라고 했다. 둘은 이야기를 나누지 못했다. 부끄러움 때문이었을 것이다. 미로의 가슴은 콩닥거렸다. 마을에서 여자아이들을 만났을 때는 콩닥거리지 않았는데…… 미로의 귀는 약간 붉어진 채 예민하게 이야기를 듣고 있었지만, 미로의 눈은 접시에만 붙들려 있었다.

잠자리에 들었을 때 미로가 이야기꾼에게 물었다.

"다우 할아버지 마을은 우리 마을하고 비슷한데도 이야기꾼이 여러 명이네요."

"이야기꾼은 많아야 해. 그렇지 않으면 어떻게 마을의 이야기가 전해질 수 있겠니. 이야기꾼이 없는 마을은 자기 마을의 이야기를 가질 수 없어. 다른 마을의 이야기꾼이 대신해줄 수 없는 거야. 마을에서 태어나지 않은 이야기꾼은 그 마을의 이야기를 온전히 이해할 수 없으니까.

큰 호수들에는 이야기꾼이 많이 있지. 한 사람이 기억할 수 있는 이야기는 한계가 있거든. 아무리 뛰어난 이야기꾼도 모든 걸 기억할 수는 없어. 우리 마을에도 예전에는 이야기꾼이 여럿 있었다고 하는데 어쩌다가 이렇게 된 건지……"

"그런데 할아버지, 큰 호수마을들은 두 얼굴 호수마을처럼 모두 이름을 갖고 있잖아요. 우리 마을은 왜 이름이 없어요? 마을이 너무 작아서인가요?"

"우리 마을이 작기는 하지. 하하하. 하지만 꼭 이름을 가져야 하는 건 아니야. 이름 때문에 사람들이 오해를 할 수도 있거든. 예전에 우리 마을 사람들도 이름이 없는 게 창피하다며 이름을 짓자고 한 적이 있었어."

"이름을 들어본 적 없는데요?"

"못 지었거든. 여러 의견이 나오기는 했지만 결국 이름을 짓지 못했지. 이름을 짓는 건 쉬운 일이 아니야. 그리고 꼭 이름이 있어야만 뭔가가 이루어지는 것도 아니고."

"이 마을은 이름이 뭐예요?"

"이 마을도 이름이 없어. 이름이 없다는 게 이상하겠지만, 세상에 이름이 없는 곳은 의외로 많아. 그리고 이름이 없어도 작은 마을들은 잘 살아가고 있어."

"이름이 없으면 떠올리기 어렵지 않아요?"

"어렵기는 하지만, 이름을 부른다고 해서 그 마을을 모두 이해하는 건 아니야. 앞으로 이름에 대해서는 이야기를 나눌 기회가 많을 테니 오늘은 이만 자도록 하자. 내일 아침에 길을 떠나야 하니까."

미로는 이름이 없는 마을들이 많다는 게 이상했다. 그런 마을을 잘 표현하려면 너무 많은 말이 필요하겠다는 생각이 들었다. 더 생각을 해보려 했지만, 온종일 걸어서 많이 피곤했기 때문에 곧바로 잠이 들고 말았다.

두 사람은 아침 일찍 떠날 준비를 했다. 아쉬운 헤어짐이었다. 미로는 끝내 다루에게는 한마디 말도 건네지 못했다. 다우 할아버지는 돌아가는 길에 반드시 며칠을 묵고 가라고 당부했다. 그러지 않으면 화를 낼 거라고, 인연을 끊을 거라고 했다. 하지만 얼굴에는 웃음이 가득했다. 구루 할아버지도 웃으면서 꼭 그러겠다고 약속했다.

마을 입구에서 꽤 멀리까지 다우 이야기꾼 가족과 젊은 이야기꾼 두 명, 촌장이 배웅을 해주었다. 미로네 마을을 떠날 때 배낭에 음식을 챙겼지만, 다우 할아버지는 배낭이 터질 정도로 음식을 더 챙겨주었다. 두 이야기꾼은 뜨겁게 끌어안고는 헤어졌다. 미로는 돌아서면서 다루를 살짝 훔쳐보았다. 가슴이 다시 콩닥거렸다.

미로는 다우 할아버지 가족과 헤어지며 이상하게 느껴진 게 있었다. 친구인 다우 할아버지는 손녀들까지 있는데, 할아버지에게는 왜 가족이 없는지 궁금해졌던 것이다. 할아버지에게 물어볼까 하다가 "다른 사람의 속 이야기는 그 사람이 이야기를 시작하기 전에는 깊이 물어보지 않는 게 예의란다"라고 했던 아빠의 말이 떠올라 그만두었다. 그래도 몹시 궁금하기는 했다. 다우 할아버지 가족과 인사를 나누고 돌아서는 할아버지의 모습이 몹시 쓸쓸해 보였기 때문이다.

8. 버섯숲

다우 이야기꾼의 마을을 떠나 두 시간쯤 걸은 후에 숲이 시작되는 지점의 커다란 떡갈나무 아래에서 잠시 쉬었다. 쉬는 동안 구루 할아버지는 미로에게 다음 행선지에 대해서 설명했다.

"이곳에서 5일쯤 걷게 되면 우리 마을처럼 호수세계의 서쪽에 있는 '정원새 호수마을'을 만날 수 있고, 그곳에서 북쪽으로 올라가면 '순록 호수마을'과 '자작나무숲 호수마을'을 만날 수 있지. 다른 작은 호수마을들도 많고."

"정원새 호수마을에 산다는 정원새는 생각만 해도 신기해요. 어떻게 정원새마다 전부 다른 집을 지을 생각을 하게 된 건지 이해할 수가 없어요."

"얘기해줄 때마다 다들 신기해하지만, 생각해보면 그렇게 이상한 것도 아니야. 우리 마을 사람들을 생각해봐. 집들이 모두 똑같니?"

"다 다르지요. 하지만 정원새는…… 아무리 그래도 새잖아요? 새가 그런 생각을 했다는 게 믿기지가 않아요."

"새가 사람하고 다르다는 생각을 하기 때문에 더 신기하게 보이지만, 사람하고 크게 차이가 없다고 생각하면 다 이해가 되는 일이야. 정원새가 다르게 집을 짓는 건 아무것도 아니야. 정원새가 다른 소리를 흉내내는 걸 직접 듣게 되면 그때야말로 진짜 놀라게 될 거다."

"정원새가 다른 소리를 엄청나게 잘 흉내 낸다고 하는데, 직접 들어봐야겠어요. 할아버지가 전에 설명해주신 걸로는 상상이 안 돼요."

"하하. 내 이야기로도 정원새를 흉내내는 건 불가능하지. 직접 들어봐야 해."

미로는 구루 할아버지와 서쪽과 북쪽에 있는 호수마을에 대한 이야기를 나누다가 그쪽으로 방향을 결정했는지 궁금해졌다.

"북쪽에 있는 마을을 거쳐서 두 얼굴 호수마을로 가실 거예요?"

"아니, 갈등중이야."

이야기꾼은 미로를 보고 빙긋 웃으며 말을 이었다.

"아무래도 북쪽 마을들이 남쪽 마을들보다는 추우니까 북쪽 마을들을 먼저 방문하는 것이 좋기는 하지. 지금은 여름이어서 별 차이가 없지만, 우리가 여행에서 돌아올 때쯤에는 북쪽 마을에 추위가 찾아들기 때문에 먹을 것과 잠자리 때문에 고생을 많이 할 수 있거든. 그런데 왠지 이번에는 남쪽으로 가고 싶은 느낌을 떨칠 수가 없구나."

"남쪽으로 가면 어떤 마을이 있는데요?"

"남쪽에는 '바오밥 호수마을'과 '제왕나비 호수마을' 같은 큰 호수마을들이 있지. 그리고 남쪽 끝에는 이야기꾼들이 절대 가지 않는 '폭포너머 호수마을'이 있고."

"폭포너머 호수마을은 들어보지 못한 것 같은데, 왜 이야기꾼들이 그 마을에는 가지 않는 거예요?"

"폭포가 있는 절벽 너머에 있는 마을이어서 가기 힘들기도 하지만, 그 마을 사람들은 동물을 먹고 살거든."

"우리도 염소젖하고 소젖으로 만든 치즈를 먹잖아요?"

"내 말은…… 그 마을 사람들은 젖을 먹는 것이 아니라 동물을 죽여서 살을 먹는다는 거야."

동물을 죽여 살을 먹고 산다는 말에 미로는 깜짝 놀랐다. 어떻게 그럴 수 있지? 어떻게! 미로는 말이 나오지 않았다. 상상이 되지 않았다. 미로네 마을에서도 집집마다 기르고 있는 염소가 죽는다. 몇몇 집에서 기르는 소도 죽고 당나귀도 죽는다.

하지만 나이가 많이 들어서 죽는다. 죽게 되면 오랫동안 젖을 준 고마움에, 짐을 날라주고 땅을 일구어준 고마움에 사람들과 함께 산 동물들을 위해 따로 마련된 묘지에 묻어준다. 모든 호수마을이 그렇게 한다고 알고 있었다. 그런데 동물을 죽인다니!

미로의 표정을 본 이야기꾼은 말을 이었다.

"그전에도 폭포너머 호수마을은 다른 마을들과 왕래가 없어서 신비한 마을처럼 생각되었는데, 40년 전쯤에 반딧불 호수마을의 지혜로운 이야기꾼님이 다른 마을 이야기꾼과 함께 폭포 근처에서 비밀스러운 작은 길을 발견하고 그 마을로 들어갔지. 그러고는 돌아와서, 이야기꾼들에게 그 마을은 가지 않는 것이 좋겠다고 조언을 했어. 다들 이유를 궁금해했어. 지혜로운 이야기꾼이 말씀하시길, 아마도 피치 못할 사정이 있겠지만, 그 마을 사람들은 물짐승과 뭍짐승을 죽여 그 고기를 먹는다고 했어. 경악할 만한 일이지만, 이야기꾼을 통해 자주 이야기를 듣다보면 궁금해질 수도 있는 법이고, 그러다보면 누군가는 동물을 죽여 고기를 먹어보려는 시도를 할 수도 있다고 하셨지. 그걸 막기 위해서 이야기꾼들이 서로 왕래를 하지 않는 게 좋겠다고 하신 거야. 이야기꾼들 모두 그분의 말씀을 따랐고, 그 마을에 대한 이야기도 하지 않게 되었어. 너도 친구들한테 그 얘기를 해서는 안 돼. 이런…… 내가 어쩌다가 그 얘기를 하고 말았는지…… 괜히 이야기한 거 같다."

"절대 이야기하지 않을게요. 동물을 죽인다니, 생각만 해도 무서워요."

"어쨌든 남쪽으로 가게 된다면 '바오밥 호수마을'에 들렀다가 북쪽 방향으로 올라가야 하겠지."

"바오밥 호수마을은 이곳에서 멀어요?"

"이곳에서 8일 정도는 걸어야 만날 수 있어."

잠시 생각중이던 이야기꾼이 미로에게 물었다.

"미로 네 생각은 어떠냐? 추운 날씨는 피하고 싶지?"

"아니요. 추워도 괜찮아요. 할아버지가 다 대비를 하셨을 것 같은데요."

"하하. 대비는 되어 있지. 그럼, 네가 한번 결정해봐라."

"저는 정원새도 만나보고 싶지만, 바오밥 호수마을이 더 궁금해요. 할아버지가 바오밥나무와 마을에 대해 이야기를 해주셔서 알고는 있지만, 정말로 거꾸로 서 있는 나무처럼 보이는지 궁금해요."

"그래 좋다. 남쪽으로 방향을 잡고 바오밥 호수마을로 가자. 때로는 호기심이 좋은 결정을 만들기도 하니까."

바오밥 호수마을로 가는 길에도 작은 호수마을이 여러 개 있었다. 구루 할아버지는 그 호수마을들의 이야기꾼들과 만나는 것은 기쁜 일이지만, 마을마다 들러 이야기꾼들을 만나면 겨울이 되어도 돌아가지 못하게 될 테니, 이번 여행에서는 그냥 지나치겠다고 말했다.

바오밥 호수마을은 다우 이야기꾼의 마을에서 가장 짧은 지름길을 택해도 산을 스무 개 남짓 넘어야 하는 곳에 있었다. 산과 산 사이도 다른 곳보다 멀어서, 아무리 빨리 걸어도 하루에 세 개의 산을 넘기 어려웠다. 숲을 지나 산 하나를 넘으면 점심이 되었고, 다시 또 숲을 지나 산을 넘으면 저녁이 되었다.

산과 산 사이에는 풀들이 자라는 너른 들판도 있었고, 나무들이 빼곡한 숲도 있었다. 산과 숲, 들판을 지나면서 이야기꾼은 마을에서 보지 못한 것들을 만나게 되면 꼭 그 앞에 멈춰 서서 미로에게 설명을 해주었다. 모든 들판마다 다른 들판에서는 볼 수 없는 풀들이 하나씩은 꼭 있고, 모든 숲마다 그 숲에서만 자라는 나무들이, 꽃들도 그 숲에서만 피는 꽃들이 있다고, 모든 풀과 나무, 꽃에 대해 알아야 하지만 특히나 다른 들판과 숲에서는 자라지 않는 풀과 나무와 꽃에 대해서는 꼭 알아두어야 한다고, 그것들은 그 들판과 숲의 특별함 때문에 자라는 것이기 때문에 그 특별함을 놓치지 않으려면 길을 천천히 걸어야 한다고, 그래야만 들판과 숲의 이야기를 모두 들을 수 있다고 알려주었다.

어떤 풀을 피해서 지나가야 하는지, 어떤 열매를 먹으면 안

을 낸다는 이야기는 들어보지 못했으니까.

“저 버섯은 빛을 내는 ‘화경버섯’이야. 오늘 마침 보름달이 떠서 아주 환하게 빛나는구나. 아주 운이 좋은데! 이 숲에서 잠을 잔 적이 많았지만, 매번 보름달을 만났던 건 아니거든. 어쩌다 보름달이 뜨는 날에 오는 경우에도, 날이 흐려서 구름이 달을 가린 적도 있었어. 아무래도 이번 여행이 즐거울 거 같구나. 하하!”

미로는 이야기꾼이 빛을 내는 버섯을 보고 기분좋아하는 모습이 꼭 어린아이 같다고 느꼈다.

“저렇게 빛은 아름답지만, 화경버섯은 독이 있으니 절대 먹으면 안 돼. 화경버섯처럼 빛을 내는 버섯들은 뽕나무버섯, 받침애주름버섯을 비롯해서 아주 많아. 수십 종류가 넘지. 이 숲 말고 다른 숲에서도 만날 수 있지만, 버섯숲이 따뜻한 지역에 있기 때문에 가장 많이 만날 수 있지.”

남쪽에 빛을 내는 버섯들이 많다는 이야기꾼의 설명을 들으며, 미로는 빛을 내는 버섯들이 모두 한 숲에서 자라고 있는 모습을 상상해보았다. 숲이 온통 신비한 빛으로 가득찬다면, 아무리 뛰어난 이야기꾼도 설명하기 어려운 환상적인 광경이 될 듯했다.

미로는 화경버섯이 빛을 내는 게 너무 신기해서, 가까이 다가가서 한참을 구경했다. 작고 연푸른 달들이 나무에 무더기로 매달려 있었다.

이야기꾼은 버섯에 대해 많이 알아야 한다고 했다. 여행하면서 매번 음식을 풍족하게 가지고 다닐 수도 없고, 산과 들에 항상 먹을 게 풍족한 것이 아니기 때문에 버섯에 대해 잘 알고 있으면 큰 도움이 된다고 말이다. 그러나 구하기는 쉽지만, 독버섯이 많아서 생명이 위험할 수도 있다는 이야기도 빼놓지 않았다. 사람들이 살아가는 세상도 비슷하다고 했다. 쉽게 주어지는 것들 안에 독이 많이 들어 있을 수 있다고 말이다.

"꼭 그렇지는 않지만, 대부분의 화려한 버섯이 독을 갖고 있고, 수수하게 생긴 버섯들에 독이 없는 걸 눈여겨보아야 해. 세상일들도 그래. 화려하게 보이는 일이 좋은 게 아닐 수도 있어. 화려하게 보이지만, 다른 사람들에게 상처를 준다면 화려한 독버섯과 같은 거지."

산 나무와 죽은 나무에 서로 다른 버섯이 자라고 있다는 이야기도 했는데, 미로는 이야기꾼의 설명이 어렵기만 했다. 너무 한꺼번에 쏟아져, 많은 걸 흘려버릴 것 같았다.

이야기꾼이 설명해주는 버섯들 중에는 이름이 특이한 것들도 참 많았다. 가장 흥미로운 건 동물들을 떠올리게 하는 버섯들이었다. 잔나비걸상버섯, 꾀꼬리버섯, 까치버섯, 노루궁뎅이

버섯, 파리버섯, 붉은사슴뿔버섯 같은 것들이었는데, 그런 버섯들은 나중에라도 금방 이름을 떠올릴 수 있을 것 같았다.

모양이 닮아서 이름이 붙여진 버섯도 있었다. 술잔버섯, 깔때기버섯, 달걀버섯, 배꼽버섯, 찻잔버섯, 말굽버섯, 치마버섯, 구름버섯, 절구버섯, 송편버섯, 꽃송이버섯, 기와버섯, 턱수염버섯 같은 것들인데, 그 버섯들도 한번 보면 이름을 잊지 않을 것 같았다.

맛이나 성질 때문에 붙여진 이름도 있었다. 미치광이버섯을 먹으면 미치광이처럼 된다고 했다. 광대버섯들은 독한 성질로 유명하다는데, 애광대버섯, 독우산광대버섯, 뱀껍질광대버섯, 개나리광대버섯, 마귀광대버섯 모두가 독이 있다고 했다. 마귀광대버섯과 아주 닮은 붉은점박이광대버섯만 먹을 수 있다는 말에, 미로는 붉은점박이광대버섯이 억울해할 것 같다고 생각했다. 독을 가진 다른 광대버섯들 때문에 자신도 독버섯처럼 여겨질 테니 말이다.

미로는 비슷한 모습을 가졌으면서도 성질이 다른 버섯들의 이야기를 들으면서 애린 형이 떠올랐다. 이야기꾼들도 버섯들 같은 존재는 아닐까 하는 생각이 들었다. 이야기꾼 할아버지도 애린 형도 자세한 이야기를 하지 않아 알 수 없지만, 마음이 여리기만 한 애린 형이 겪었다는 사건에는 다른 마을의 이야기꾼들이 있다고 했으니까. 미로는 다른 마을 이야기꾼들을 버섯으로 치면 어떤 버섯일까 궁금해졌다.

"할아버지가 좋아하시는 버섯은 어떤 거예요?"

"버섯은 다 좋아하지만, 특히 싸리버섯을 좋아하지. 독이 있기 때문에 끓는 물에 데쳤다가 긴 시간 동안 잘 우려먹어야 해서 여행중에는 먹기가 불편하지. 그래서 싸리버섯이 보여도 그냥 지나치는 경우가 많아. 여행중에 따다가 다른 마을의 이야기꾼에게 선물로 주기도 하지만."

싸리버섯을 어떻게 먹어야 하는지는 미로도 알고 있었다. 미로도 좋아하는 버섯이었으니까. 싸리버섯 이야기가 나오자 엄마 생각이 났다.

"저도 싸리버섯 좋아해요. 가을이면 엄마가 해주셨는데……"

엄마와 함께 다듬던 산호처럼 생긴 싸리버섯…… "같은 싸리버섯이라도 색깔이 화려한 '붉은싸리버섯'과 '노랑싸리버섯'은 조심해야 해, 독이 있거든" 하며 미로을 바라보던 엄마…… 엄마는 싸리버섯보다는 능이버섯을 더 좋아했다. "너는 아빠 입맛을 닮았나보다. 아빠처럼 싸리버섯을 가장 좋아하니 말이야" 하며 미로의 머리를 쓰다듬던 엄마…… 능이버섯을 싫어했던 건 아닌데…… 너무 컸고, 암갈색 표면에 거무스름한 점들이 보여서 모양만 마음에 들지 않았을 뿐인데…… 향기가 아주 좋았고, 맛은 더 기막혔는데……

날이 밝자 두 사람은 숲에서 아침식사에 곁들일 먹을거리로 버섯을 땄다. 버섯들이 모두 모양이 다르고 맛과 향이 다른 것이 신기했다.

"버섯을 보면 늘 신비로운 생각이 들고, 사람들이 사는 세상을 생각하게 돼. 미로야, 우리가 보는 숲은 하나가 아니야."

"다른 나무들, 다른 꽃들이 자란다는 거지요?"

"이제 제법인걸! 그렇지. 하나하나의 숲을 보아도 그래. 이 숲에 종류가 다른 많은 버섯들이 자라는 건, 우리가 보는 겉모습은 비슷해도 땅속은 아주 다르기 때문이지. 다르기 때문에 다른 버섯이 피어나는 거야. 이야기도 그런 거야. 같은 마을에 사는 많은 사람들 속에서 서로 다른 이야기가 피어나지. 그걸 읽는 게 이야기꾼이 해야 하는 일이야."

미로는 버섯의 세계가 호수마을 사람들의 세계와 비슷하다는 이야기꾼의 설명을 조금은 알 수 있을 것 같았다. 고향 마을의 사람들도 모습이 모두 다르고, 성격도 다 달랐다. 조금은 알 것 같았지만, 이야기꾼이 될 수 있을까 하는 걱정은 조금 더 커졌다.

9. 바오밥 호수마을

버섯숲을 떠나 남쪽으로 갈수록 기온이 높아졌다. 여름이기는 했지만 남쪽의 여름은 더 뜨거웠다. 옷 한 겹이 벗겨져 배낭 속으로 들어갔다. 중간중간 그늘에서 쉬는 시간이 늘어났다. 그렇게 들판을 걸어 남쪽으로 향하다가 이야기꾼이 미로에게 말을 건넸다.

"너, 이야기꾼들이 바오밥 호수마을을 부르는 별명 알고 있니?"

"'거꾸로 호수마을'이잖아요. 할아버지가 벌써 전에 이야기해주셨잖아요. 바오밥나무가 뿌리를 위로 하고 거꾸로 서 있는 거 같아서 이야기꾼들이 그렇게 부른다고요."

"하하, 그랬구나. 별명을 그렇게 붙이기는 했지만, 세상에 거꾸로 자라는 나무가 어디 있겠어."

"있을지도 모르지요."

"그래 네 말이 맞다. 우리가 몰라서 그렇지. 있을 수도 있겠지."

"그런데, 두 얼굴 호수마을 사람들은 자기 마을을 그런 이름으로 부르는 걸 싫어한다고 했잖아요. 바오밥 호수마을 사람들도 그래요?"

"알 수가 없어."

"왜요?"

"바오밥 호수마을 사람들은 말수가 아주 적은데, 자기네 마을을 이야기꾼들이 거꾸로 호수마을이라고 부른다는 이야기를 듣고도 아무 말을 하지 않거든. 표정 변화도 없어. 메뚜기 한 마리가 날아가는 걸 본 듯한 표정이야. 들판에 흔한 메뚜기가 날아가는 걸 보고 소란을 피우지는 않잖아. 딱 그런 표정이야. 그냥 자기들끼리 쳐다보며 대수롭지 않다는 듯이 어깨를 으쓱하는 게 전부야. 별명 이야기를 꺼낸 이야기꾼들이 오히려 머쓱해지지."

"그렇게 말을 하지 않으면 무슨 생각을 하는지 어떻게 알아요?"

"그래서 바오밥 호수마을 사람들과 이야기할 때는 그 사람들의 표정을 잘 읽어야 해."

"표정으로는 읽을 수 있어요?"

"그런데 그게 아주 힘들어. 그 마을 사람들은 표정도 잘 드러내지 않거든."

"그럼 어쩌란 거예요."

"하하하. 그렇다는 거야. 어쩌겠어, 그 마을 사람들이 그런걸. 그래도 여러 차례 찾아가서 그 사람들의 표정을 읽다보면 이해되는 때가 오게 되어 있어."

"빠르게 되는 건 하나도 없나봐요."

"없지! 바오밥 호수마을에서 그걸 제대로 배울 수 있지."

바오밥 호수마을로 가기 위해 남쪽으로 방향을 튼 뒤에 두 사람은 숲과 들판에서 잠을 자며 여러 날을 걸었다. 며칠을 걸은 뒤에 어느 날 이야기꾼은 미로를 데리고 작은 호수마을 한 곳에 들렀다. 음식이 좀 떨어지기도 했고, 전에 여행을 다니면서 자주 들르지 않은 곳이어서 이참에 둘러보기로 했다.

그 호수마을의 이야기꾼들은 가장 나이가 많은 이야기꾼도 구루 할아버지보다 열 살이나 젊었다. 구루 할아버지와 만난 일이 많지는 않았지만 반갑게 두 사람을 맞았다. 이야기꾼은 그날 저녁 그 마을 사람들에게 이야기를 해주었고, 미로와 함께 마을에서 잠을 잤다.

다음날 아침, 마을에서 챙겨준 음식으로 배낭을 채운 두 사람은 다시 길을 떠났다. 산과 산 사이가 멀어졌고 거대한 평원이 펼쳐졌다. 가끔씩 아카시아가 그늘을 드리우고 영양들이 무리 지어 풀을 뜯고 있는 평원을 이틀 동안 걷자, 크지 않은 산이 하나 나타났다. 두 사람은 그날 밤을 그 산의 입구 쪽에서 보냈다.

작은 호수마을에서 챙겨준 음식으로 아침을 먹고, 크지 않은 산을 넘어가자 아주 길게 이어진 언덕이 하나 나타났다. 두 사람은 작은 나무들만 간간이 눈에 띄는 언덕을 올랐다. 언덕의 정상에 서자 100그루는 족히 넘어 보이는 거대한 바오밥나무들이 일정한 거리를 두고 서 있는 모습이 언덕 아래에 펼쳐졌다.

미로는 그 모습에 한눈에 압도되었다. 비록 언덕 위에서 발 아래로 내려다보이는 나무들이었지만 하나하나가 어마어마한 크기를 자랑하고 있었다. 거대한 나무 아래마다 사람들이 모여 앉아 있었는데 개미만큼이나 작아 보였다.

거대한 바오밥나무들의 중간쯤에 호수가 하나 자리하고 있었는데, 호수라고 부르기에는 아주 작았다. 지름이 50미터를 넘지 않을 듯한 둥그런 모양의 호수였다. 놀라울 정도로 장대한 나무들의 모습에 놀란 미로에게 상대적으로 작은 호수는 또다른 놀라움으로 다가왔다.

“이야기꾼들이 큰 호수마을이라고 부르는데 호수가 아주

작지?"

"너무 작아요. 우리 마을보다도 훨씬 작아요."

"하지만 그래도 저게 이 마을의 호수가 가장 클 때의 모습에서 크게 줄어들지 않은 상태의 모습이야. 이곳에는 비가 거의 매일 내리는 '비의 철'이라는 시기가 있는데, 지금이 비의 철이 끝난 지가 오래되지 않은 때거든. 그다음에는 '흙먼지의 철'이라는 시기가 오는데, 흙먼지의 철이 끝날 때쯤이면 호수는 가장 클 때의 5분의 1정도 크기로 줄어들지. 다른 마을들의 이야기꾼들은 가능하면 비의 철이 끝나고 흙먼지의 철이 막 시작되었을 때 이 마을을 방문해. 그래야 이 마을 사람들이 덜 불편하거든."

"저 크기의 5분의 1 정도로 줄어들면, 염소들도 많을 텐데, 사람들과 염소들이 어떻게 살아요? 거대한 바오밥나무들도 물이 많이 필요하잖아요?"

"이 마을 사람들은 호수의 크기가 5분의 1로 줄어들면 나머지는 그냥 사라지는 게 아니라, 땅속으로 들어가는 거라고 얘기해. 땅을 파기가 매우 힘들지만, 호수가 있던 곳의 땅을 파면 실제로 물이 나오거든. 그래서 이 마을 사람들은 흙먼지의 철을 호수가 뿌리를 내리는 철이라고도 불러."

"호수가 뿌리를 내리는 철이요? 그럼 비의 철은 호수가 잎을 틔우는 철이에요?"

"하하하, 미로 너 기발한데! 비의 철을 그렇게 부르지는 않는데, 마을 사람들에게 말해주어야겠다."

미로는 이야기꾼이 자신의 말을 칭찬하자 기분좋았다.

"비의 철이 되면 이곳이 물에 잠기는 건 아니에요?"

그렇게 묻다가, 미로는 갑자기 엄마를 잃었을 때가, 눈물호수가 넘쳐 마을이 잠겼던 때가 생각났고, 기분이 돌변하여 슬퍼졌다. 바오밥 호수마을은 눈물호수가 넘칠 때 어떻게 할까……

갑자기 말끝이 흐려지고 얼굴빛이 바뀐 미로를 보았으나 구루 이야기꾼은 모른 척하고 미로의 물음에 답을 했다.

"우리가 넘어온 언덕 말고 더 남쪽에 있는 다른 언덕을 넘어가면 그곳은 물에 깊이 잠기고는 하는데 이곳은 조금 높은 곳에 있어서 비가 많이 와도 잠기지는 않아. 이 마을 이야기꾼의 이야기를 들어보면 아주 오래전에 그곳에 살다가 이곳으로 옮겨왔다고 했어. 두 달쯤 이어지는 비의 철마다 겪는 고통 때문에 이곳으로 이주한 거지."

"할아버지, 그런데 이 마을엔 왜 집이 안 보여요?"

"너, 까먹었구나. 얘기해준 적이 있는데. 바오밥 호수마을의 집들은 모두 바오밥나무 속에 있어."

미로는 그제야 전에 아이들과 함께 그 얘기를 들은 적이 있다는 걸 떠올렸다. 하지만 도무지 믿기지가 않아서 머릿속에서 지워버리고 말았던 것이다.

미로는 바오밥나무의 크기가 더 궁금해졌다. 멀리서 본 걸로는 제대로 가늠이 되지 않았다. 나무가 얼마나 크기에 나무의 속이 집이 될 수 있을까?

언덕을 내려가자 바오밥나무는 점점 더 거대하게 보였다. 언덕을 다 내려와 평지에 접어들고, 바오밥나무가 가까워지면서 미로는 자신이 점점 더 개미처럼 작아지는 느낌이 들었다. 바오밥나무들이 가까워질수록 미로의 시선이 점점 더 위로 올라갔다.

"와, 대체 이 나무들은 몇 살이나 된 거예요? 얼마나 나이를 먹어야 이렇게 클 수 있는 거예요? 아니면 바오밥나무가 아주 빨리 자라서 이렇게 큰 거예요?"

이야기꾼은 답을 하지 않고, 미로가 경탄하며 연이어 질문을 쏟아내는 모습을 웃으며 그냥 지켜보았다.

그사이 언덕에서 가장 가까이 있는 바오밥나무에 도착했다. 바오밥나무 아래에서 이야기를 나누고 있던 가족에게 이야기꾼이 인사를 했고, 그들은 모두 자리에서 일어나 말없이 미소를 지으며 고개를 끄덕여 이야기꾼의 인사에 답했다.

"이야기꾼님은 여전하신가요?"

구루 이야기꾼이 바오밥나무 아래에 앉아 있던 사람들에게 물었다. 그들 중 가장 어른인 노인이 이번에도 말없이 웃으며 고개를 끄덕이고는, 손으로 멀리 있는 바오밥나무 쪽을 가리켰다.

미로는 노인이 가리킨 쪽을 바라보며 이 마을의 이야기꾼이 그 바오밥나무에 사는가보다고 생각했다.

노인이 가리킨 나무는 꽤 멀리 떨어져 있었다. 바오밥나무들은 일렬로 늘어선 건 아니었지만, 약 50미터씩 간격을 두고 자리하고 있었다.

다음 나무는 길에서 조금 떨어져 있었고, 사람들 몇이 그 아래 모여 앉아 있었는데, 가족들로 보였다. 식사 준비를 하는지 중년의 여인이 절구에 뭔가를 넣고 찧고 있었고, 아이 둘이 옆에서 그 모습을 지켜보고 있었다. 이야기꾼이 인사를 건네자, 그 사람들도 일어나 미소를 지으며 인사를 받았지만, 역시 말을 하지는 않았다.

그 모습이 미로에게 신기하게 다가왔다.

"이 마을 사람들은 왜 말을 안 해요?"

"말이 별로 필요하지 않다고 여기는 사람들이지."

"왜 말이 필요하지 않다고 생각해요?"

"이곳에 하루만 묵어보면 알겠지만, 이 마을은 먹을 게 풍부하지 않아. 그렇다고 자주 굶어야 할 만큼 아주 부족한 것도 아니고. 이 마을 사람들은 넘치는 것도, 너무 부족한 것도 좋은 게 아니라는 걸 알고 있어. 그리고 부족한 것보다 넘치는 것이 더 위험하다고 믿고 있어. 이 마을 사람들이 건너편 언덕 쪽에서 바오밥나무 언덕 쪽으로 이주를 해 오기 전에 비의 철과 흙먼지의 철을 통해서 배운 거야. 그때 터득한 지혜를 잊지 않고 지키고 있는 셈이지.

이 마을 사람들은 둘 다 견디기 힘들지만 비의 계절보다는 마른 계절이 낫다고 여겨. 마른 계절이 되면 먹을 게 부족해지지만 인내를 통해서 시간을 견딜 수 있다고 말하지. 하지만 넘치는 건 인내로는 견디기 어렵다고 말을 해. 이 마을 사람들은 말도 비와 마찬가지라고 믿고 있어. 이 마을에 이런 속담이 있는데, '부족한 말은 갈증을 일으키지만, 넘치는 말은 익사시킨다'라는 거야. 그래서 말을 많이 하기보다는 행동으로 말을 대신하는 경우가 많아."

"그럼 이야기꾼은요? 이야기꾼은 말을 해야 하잖아요?"

"이따가 직접 만나보면 알게 될 거야. 이 마을 이야기꾼이 어떻게 말을 하는지."

"이 마을에 오래 계실 거예요?"

"아니. 이야기꾼들은 이곳에 오래 머물지 않아. 이틀을 넘기는 일이 드물지. 이 마을 사람들에게 피해를 주지 않으려고 하기 때문이야. 우리도 오래 머물지 않을 거야. 너한테 이 마을이 어떤 마을인지 보여주기 위한 거니까. 오늘밤만 자고 내일 떠날 거야."

"내일이요? 바오밥나무가 몇 살이나 먹었는지도 듣지 못했는데……"

미로는 몹시 아쉬운 표정을 지었다.

"맞아, 그렇지. 그걸 물었지! 바오밥나무는 나이가 아주 많아. 안에 집이 없는 나무들은 1000살이 되지 않았고, 집이 있는 중간쯤 되는 나무는 2000살, 드물게 아주 큰 덩치를 자랑하는 나무는 3000살이야. 촌장은 3000살이 된 나무에 살아. 그리고 아무도 살고 있지 않고 마을 사람들의 존경을 받는 나무가 있는데 그 나무는 4000살이 넘었다고 전해지지."

"그걸 어떻게 알 수 있어요?"

"이야기꾼들의 이야기로 계속 전해져왔고, 그 나무에 가서 보면 이야기꾼마다 표식을 해두었어. 이야기꾼이 대를 이을 때마다 표시를 해둔 거야. 그 나무에는 100명이 넘는 이야기꾼들이 표식을 남겼어. 그것만으로도 3000살이 넘었다고 봐야지."

"그럼 3000살밖에 안 되는 거 아니에요?"

"어린나무에는 표식을 새길 수 없어. 아무리 못해도 500살은 지나야 표식을 시작하는 거야. 그러니까 최소한 3500살은 된 거지."

"그 표식이 어떤 거예요?"

"너도 금방 알아볼 수 있어. 마을에서 가장 오래된 바오밥나무의 둥치 한쪽에 서로 다른 색깔이나 모양을 가진 돌들이 한 줄로 박혀 있어. 다른 색깔이나 모양의 돌은 하나하나가 이 마을의 이야기꾼들을 상징하지. 그 수를 세어보면 몇 대의 이야기꾼이 있었는지, 나무가 몇 살이나 되었는지를 알 수 있는 거야. 그리고 모든 나무는 아니지만, 이야기꾼들이 살고 있는 나무에도 그런 표식들이 있어. 만약 하나의 나무에만 표식을 해두었는데, 그 나무에 무슨 일이 생기면 이야기꾼들에 대한 이야기를 잃게 되기 때문이야."

그사이 이야기꾼이 사는 바오밥나무가 가까워지고 있었다. 바오밥나무 아래의 모습이 눈에 들어왔는데, 이야기꾼이 산다는 바오밥나무에는 노인들 여러 명과 중년의 사내 한 명, 그리고 애린 형 또래의 젊은이가 앉아 있었다. 가장 나이 어린 그 젊은이가 나직한 목소리로 뭔가를 이야기하고 있었고 다른 사람들은 모두 귀를 기울여 그 이야기를 듣고 있는 모습이었다.

구루 할아버지는 그들을 방해하지 않기 위해서 멀찍이 떨어진 곳에서 걸음을 멈추고 다른 바오밥나무들을 쳐다보았다. 미로는 바오밥나무 아래에 앉아 있는 사람들이 구루 할아버지와 자신을 발견하고도 아무런 반응을 보이지 않고, 계속해서 젊은이의 이야기를 듣고 있다는 걸 알았다. 미로는 '저 사람들은 우리를 반가워하지 않는 걸까?'라는 의문이 들었지만, 더 가까이 가지 않고 일부러 다른 곳을 바라보는 구루 할아버지의 반응에 뭔가 이유가 있을 것 같아서 구루 할아버지처럼 방향을 틀고 다른 바오밥나무들을 바라보았다.

그렇게 한참을 기다리고 있는데, 마침내 젊은이의 이야기 소리가 끊어졌다. 한 노인이 나직하고 짧게 젊은이에게 뭔가 말하는 소리가 들리고 다시 말소리가 끊어졌다. 그제야 구루 할아버지는 몸을 돌렸다.

중년의 사내와 젊은이가 노인들에게 인사를 드리고 구루 할아버지와 미로 쪽으로 오더니 미소를 지으며 인사를 했다.

"오랜만입니다. 이야기 공부가 있는 날이었나봅니다."

구루 할아버지의 말에 두 사람은 고개를 끄덕이고는 두 손을 공손하게 들어 바오밥나무 쪽을 가리켰다. 와도 된다는 표시 같았다.

구루 할아버지와 미로는 노인들이 모인 곳으로 가서 인사를 했다. 가장 나이가 많아 보이는 노인이 그동안 만난 마을 사람들 중에서 가장 환한 미소를 지으며 구루 할아버지를 끌어안았다. 구루 할아버지보다도 열다섯 살은 더 나이가 많아 보였다.

"미로야, 인사드려라. 이 마을의 가장 어른 이야기꾼이시다."

미로가 이야기꾼에게 인사를 드리고 다른 노인들에게도 다시 인사를 드리고 나자, 이야기꾼 노인은 미로의 머리를 쓰다듬으며 나무를 잘라 만든 의자를 가리켰다. 구루 할아버지와 미로가 자리에 앉자, 아까 노인들에게 이야기를 했던 젊은이가 나무 열매와 나무로 만든 잔에 담긴 음료를 두 사람에게 권했다.

그날 저녁 구루 이야기꾼이 바오밥 호수마을 사람들에게 미로네 마을 이야기를 들려주었는데, 다른 마을에서 구루 이야기꾼의 이야기를 듣는 모습과는 아주 다른 느낌이 들었다. 이 마을 사람들은 이야기꾼의 얼굴을 보지 않고 눈길을 살포시 내린 채 자신의 발 쪽을 바라보며 이야기를 들었다.

둥글게 원을 그리고 앉아 자신들의 발을 쳐다보며, 구루 이야기꾼의 이야기를 듣고 있는 마을 사람들의 얼굴을 원 한가운데서 타오르고 있는 장작불에서 뻗어나온 빛이 어른어른 비추고 있었다.

마을 사람들은 이야기를 듣는 중에 가끔 고개를 끄덕일 뿐이었다. 구루 할아버지의 이야기가 끝난 후에도 마을 사람들 누구도 궁금한 걸 묻지 않았다. 그렇게 모든 것이 끝났다고 생각했을 때 두 사람을 반갑게 맞아준 바오밥 호수마을의 이야기꾼이 입을 열었다. 그리고 미로를 깜짝 놀라게 만든, 아주 놀라운 이야기가 시작되었다.

"바오밥나무의 나이테가 지금보다 52개 적었던 해에, 열한 살 소년 구루가 처음으로 이 마을에 왔다. 나이테가 50개 적었던 해에 구루는 또다시 찾아왔고, 나이테가 47개 적었던 해에도 다시 찾아왔다. 나이테가 35개 적었을 때는 스승 이야기꾼과 함께 오지 않고 홀로 찾아왔다. 그리고……"

그렇게 바오밥 호수마을 이야기꾼의 이야기가 계속 이어졌다. "오늘 구루는 열한 살 미로를 데리고 우리 마을에 왔다. 우리는 구루가 찍어놓은 발자국을 기억하고, 앞으로 구루와 미로가 함께 찍는 발자국을 기억하고, 미로가 찍을 발자국을 바오밥나무 나이테와 함께 기억할 것이다."

미로는 바오밥 호수마을 이야기꾼의 이야기에 충격을 받았다. 아니, 어떻게 구루 할아버지가 마을을 언제 찾았는지를 모두 기억하고 있는 걸까? 다른 마을 이야기꾼들이 찾아온 것도 기억하는 걸까, 구루 할아버지의 방문만 특별히 기억하는 걸까? 미로는 자기가 들은 이야기가 믿기지 않았다.

바오밥 호수마을의 이야기꾼이 구루 할아버지에 대한 이야기를 마치자, 낮에 만났던 중년의 사내와 젊은 청년이 자리에서 일어나 마을 사람들이 만든 둥근 원의 중앙 쪽으로 나가더니 장작불을 빙빙 돌며 춤을 추기 시작했다. 그 모습을 본 구루 이야기꾼은 춤이 진행되는 중간중간 기도를 드리듯이 두 손을 모으고, 둥근 원을 이룬 마을 사람들에게 고개를 숙였다.

두 이야기꾼 후계자의 춤이 끝나자 마을 사람들은 자리에서 일어나 집으로 돌아갔고, 구루 이야기꾼과 미로는 바오밥 호수마을 이야기꾼의 집에서 저녁을 대접받은 뒤 잠을 잤다. 미로는 궁금한 게 많았지만, 구루 할아버지하고 따로 이야기를 나눌 시간이 없어서, 궁금한 모든 걸 마음속에 담아두었다.

바오밥나무 집은 창이 없는데도 시원했고, 뭐라고 설명할 수 없는 아늑함이 집안 전체에 배어 있었다. 나이가 엄청나게 많은 살아 있는 나무 속에서 잠을 자고 있다는 사실이 신비롭게 느껴졌다.

다음날 아침 간단하게 식사를 한 뒤에 구루 이야기꾼은 바오밥 호수마을 이야기꾼과 의미심장한 인사를 나누었다. 단순한 아침 인사로 보이지 않았다.

"미로야, 인사드려라. 이제 떠나야 할 시간이다."

미로는 얼떨결에 인사를 드렸다. 다른 마을 이야기꾼들이 바오밥 호수마을에서 오래 묵지 않는 것이 관례라고는 했지만, 하룻밤만 자고 떠난다고도 듣기는 했지만, 이렇게 빨리 떠날 줄은 몰랐다. 아직 바오밥 호수마을을 다 둘러보지도 않았는데……

미로의 마음을 알았기 때문인지, 다른 마을에서 온 이야기꾼들은 으레 그러는지, 구루 이야기꾼은 미로를 데리고 마을의 모든 바오밥나무를 둘러보았다. 절반이 채 안 되는 바오밥나무들에만 사람들이 살고 있었다. 바오밥 호수마을은 큰 호수마을이라고 했는데 마을 사람들의 수가 미로네 마을 정도밖에 되지 않았다.

100그루 남짓 되는 나무를 모두 둘러보는 것만으로도 한참의 시간이 흘러, 두 사람이 마을을 떠난 것은 오후가 되어서였다.

10. 모래들판의 별호수

바오밥 호수마을의 나무들을 모두 구경한 뒤에 마을을 떠난 두 사람은 마을로 들어설 때 넘었던 언덕을 다시 넘어서 이번에는 동쪽 방향으로 걷기 시작했다. 간혹 아카시아들이 서 있는 평원이 길게 이어졌다.

석양이 물들기 시작할 무렵, 두 사람은 아카시아가 무리 지어 자라고 있는 평평한 숲에 도착했다. 두 사람은 그곳에 짐을 풀고, 저녁거리를 마련했다. 아카시아 숲에 함께 자라고 있는 얌을 캐서 준비했고, 바오밥 호수마을에서 얻은 염소젖 치즈와 평원을 지나며 따놓은 콩을 곁들였다. 호수세계에는 어디든 콩이 풍성하게 자라고 있어서 식사 때 콩 요리가 빠지지 않고 등장하고, 여행중에도 빠지지 않지만, 가는 곳마다 다른 종류의 콩들이 자라기 때문에 늘 새로운 요리를 먹는 기분이었다.

석양이 사라지자 하늘에 별들이 빠르게 나타나기 시작했다. 그 모습을 바라보다가 미로는 바오밥 호수마을을 보면서 궁금했던 것들을 이야기꾼에게 물었다.

"할아버지, 바오밥 호수마을은 우리 마을보다 호수도 작고, 사람 수도 우리 마을보다 많지 않은데 어째서 이야기꾼들이 큰 호수마을이라고 부르는 거예요?"

"이야기를 지키고 전하는 방식이 특별하기 때문에 큰 호수마을이라고 불리는 거야. 바오밥 호수마을 이야기꾼이 나에 대한 이야기를 한 것은 특별한 게 아니야. 바오밥 호수마을을 찾아온 모든 이야기꾼들을 그렇게 기억하고 있지. 수백 년이 넘는 이야기를 모두 기억하느라 아주 간결한 내용이 되었지만, 바오밥 호수마을의 이야기는 수천 살을 사는 바오밥나무처럼 호수세계에서 가장 오래된 기억을 이야기로 품고 있어. 우리가 이야기꾼을 만나기 전에, 이야기꾼과 노인들 앞에서 뭔가 이야기를 하고 있었던 젊은 이야기꾼 후계자는 그동안 암송한 이야기가 틀리지 않고 맞는지를 확인받고 있었던 거야."

"큰 호수마을과 작은 호수마을은 어떻게 정하는 거예요?"

"정해진 기준이 있는 건 아니야. 호수마을이 100곳이 넘지만, 사는 모습이 비슷하고 이야기를 전하는 방법도 비슷한 마을이 많아. 이야기꾼들은 그런 마을들 중에 크기가 작고 사람들이 적게 사는 마을들은 그냥 작은 호수마을로 부르고, 크기가 아주 크거나, 이야기를 특별하게 만들고 전하는 마을들은 큰 호수마을이라고 부르는 게 편해서 그렇게 부를 뿐이야.

호수가 작거나 사람이 많이 살지 않아도 큰 호수마을이라고 불리는 마을이 이곳 말고도 여럿 있어. 북쪽에 있는 '순록 호수마을'과 '자작나무 숲 호수마을', 동쪽의 '메아리 호수마을', 서쪽에 있는 '정원새 호수마을', 남쪽에 있는 '제왕나비 호수마을'이 그런 마을들이지."

"또 궁금한 게 있는데, 바오밥 호수마을 이야기꾼이 할아버지에 대한 이야기를 했을 때, 언제 왔다는 이야기만 했잖아요. 그게 할아버지에 대한 이야기의 전부예요?"

"이야기꾼들에 대해서는 그렇지. 다른 마을에서 찾아온 이야기꾼들이 언제 누구와 찾아왔는지에 대해서만 기억하는 것도 엄청난 양이거든. 하지만 마을 사람들에 대해서는 그보다 더 긴 이야기로 풀어내지."

"마음 이야기도 들어 있나요? 할아버지와 저한테 있었던 슬픈 사건 같은 거요."

"들어 있기는 하지만, 간결하게 들어 있지. 바오밥 마을 사람들은 하나의 사건이나 이야기에 너무 많은 말이 들어가면 그게 오히려 기억을 흐리게 한다고 믿고 있어. 모든 이야기에는 수천 년을 사는 바오밥나무처럼 오래 기억되어야 하는 단단한 뼈대가 있는 법인데, 너무 많은 말은 자칫하면 뼈대까지 상하게 만든다고 믿고 있지. 바오밥 호수마을 사람들은 이야기꾼이 간결하게 떠올려주면, 이야기를 들은 사람이 마음속 말의 정원으로 이야기를 데리고 들어가서 자신의 기억이나 추억과 만나게 하고, 이야기를 나누게 하면 된다고 생각하거든."

"하지만 그렇게 되면 이야기를 듣는 사람들마다 모두 마음속으로는 다르게 생각할지도 모르잖아요?"

"그건 어쩔 수 없는 일이기도 하고, 자연스러운 일이기도 해. 그렇기 때문에 뼈대가 중요한 거야. 잎이 무성한 나무들이 어떻게 가지들을 뻗었는지를 제대로 알 수 있는 건 잎이 모두 떨어진 뒤야. 이야기에 붙은 너무 많은 말은 무성한 잎들일지도 몰라. 이야기꾼들은 이 마을에서 그걸 배우는 거야."

미로의 얼굴에 어려워하는 표정이 나타났다. 궁금한 걸 물었다고 해서 금방 궁금증이 풀리는 건 아닐 것이다.

바오밥 호수마을을 떠나, 두 사람은 4일 동안 초원을 더 걸었다. 이틀째 도착한 지점에서 남쪽으로 이틀쯤 가야 하는 거리에 '제왕나비 호수마을'이 있다고 했지만, 더 남쪽으로 내려가면 일정이 훨씬 길어지기 때문에 이야기꾼은 이번에는 들르지 않겠다고 했다.

이야기꾼이 미로에게 들려준 제왕나비 호수마을의 이야기도 특별했다. 마을에서 겨울을 지낸 제왕나비들이 겨울이 지나면 북으로 날아갔다가 겨울이면 다시 돌아오는데, 마을 사람들은 제왕나비가 일정한 거리를 가는 동안에 세대가 바뀌어 조상들이 떠났던 곳으로 돌아오는 것처럼, 모든 이야기도 조상들과 함께 떠났다가 반드시 다시 돌아온다고 믿고 있다고 했다.

제왕나비 호수마을의 이야기꾼은 사람들 사이를 떠났다가 돌아오는 이야기들이 만들어내는 순환을 어느 호수마을 이야기꾼보다 지혜롭게 깨닫고 있다고 했다. 다른 마을 사람들은 제왕나비 호수마을 이야기꾼의 이야기를 듣다가 소용돌이에 빠진 듯한 느낌을 받는 경우가 허다하다고 했다. 미로는 제왕나비 호수마을 이야기꾼이 마을을 찾아와서 이야기를 들려주었던 걸 떠올렸고, 무슨 이야기를 하는지 머릿속이 빙글빙글 돌기만 했던 게 기억났다.

바오밥 호수마을을 떠나 5일째 되던 날, 멀리 초원 끝에 커다란 숲이 보였다. 그곳을 바라보면서 이야기꾼이 입을 열었다.

"저 숲속으로 들어가서 하루쯤 가면 폭포를 만나게 돼. 딱 한 번 폭포를 구경하러 간 적이 있는데, 폭포가 장관이었고, 떨어지는 물소리가 엄청났어. 그 모습을 빼면 정말 평온하고 아름다운 풍경이었지. 그 모습 너머로 동물을 죽이고 그 살을 먹는 사람들이 있다는 생각을 하니, 그 아름다운 풍경이 정말 괴이하게 느껴지기도 했고."

"할아버지 말씀으로는, 반딧불 호수마을의 지혜로운 이야기꾼께서 '폭포너머 호수마을'에 사정이 있을 거라고 했다면서요? 그런데도 가면 안 되는 거예요?"

"그 사정 때문에 생기는 게 죽음이기 때문이야. 죽음은 이야기의 끝을 의미하는 거야. 사람도 동물도 마찬가지야. 식물은 열매를 주지만, 자신들의 이야기를 잇기 위해서지. 감자도 그렇고, 콩도 그렇지. 사람이 감자나 콩을 먹으면 사람의 이야기는 이어지고 감자와 콩의 이야기는 사라진다고 믿겠지만, 그렇지 않아. 사람의 생명이 이어지면 사람의 이야기만 이어지는 게 아니라, 이어지게 만들어준 것들의 이야기도 함께 이어지는 거야. 콩이 준 걸 먹고 콩의 이야기를 이어가게 해주는 거지. 동물은 그렇지 않아. 기억이 이야기를 이어준다고 하지만, 기억으로 이어가는 이야기는 죽기 전까지의 이야기야.

지혜로운 이야기꾼님은 폭포너머 호수마을 사람들이 잘못되어서 동물을 먹게 된 건 아니라고, 그럴 만한 사정이 있는 거라고, 그 점을 이해해야 한다고 했지만, 다른 마을들은 그런 사정이 있지 않아. 서로 사정이 다른데 이야기가 만나게 되면 오해는 생기기 마련이고, 그 오해가 힘을 얻게 되면 이야기가 사라진다고 하셨지."

"너무 어려워요."

"그래, 너한테는 아직 너무 어려운 이야기지. 역시, 폭포너머 호수마을 이야기는 꺼내지 않는 게 좋을 뻔했다."

구루 이야기꾼은 미안한 마음에 미로의 머리를 쓰다듬었다.

"그런데, 그 사람들은 죽인 동물들을 어디에 묻나요?"

미로는 궁금했다. 호수세계의 마을들은 두 군데, 혹은 세 군데의 묘지를 갖고 있었다. 이야기꾼들의 묘지를 따로 갖고 있는 마을은 세 곳, 이야기꾼이 가족들과 함께 묻히는 마을은 두 곳, 나머지 하나는 공통적으로 마을 사람들과 함께 살던 동물들이 묻히는 곳이었다.

"글쎄다. 그 이야기는 듣지 못했어. 이제 그 마을 이야기는 그만하도록 하자."

폭포너머 호수마을이 보이던 곳을 지났지만, 폭포에서 떨어진 물이 흐르고 있었고, 두 사람은 북쪽을 향해 흐르는 그 물길을 따라갔다. 물길은 점점 가늘어지더니, 마침내 아주 작은 선처럼 되었고, 결국은 사라지고 말았다. 달라지는 물길의 폭에 따라서 나무가 적어지고, 풀들이 나타나고, 마침내 풀들도 사라졌고, 조금 더 걷자 모래로 이루어진 언덕이 보이기 시작했다.

모래로만 이루어진 들판이 미로에게는 놀라운 모습으로 다가왔다. 미로가 사는 마을의 호수 한쪽 편에도 모래로 이루어진 곳이 있지만, 그 폭은 불과 몇 미터에 불과했다.

"어떠니, 이 모래들판이?"

"정말 놀라워요."

"이곳에서 보는 별의 모습은 호수세계에서 손에 꼽는 멋진 광경이지. 모래들판의 밤하늘을 보려고 일부러 찾아오는 이야기꾼들도 있어. 이곳은 비가 내리지 않아서 언제나 밤하늘이 맑고, 언제나 별호수를 만날 수 있지."

두 사람은 그날 밤 길게 이어진 모래들판에서 잠을 잤다. 아니, 미로는 잠을 제대로 자지 못했다. 폭포너머 호수마을 이야기가 마음을 괴롭히기도 했지만, 그보다 더 큰 이유는 어마어마하게 쏟아지는 별빛 때문이었다. 마을에서도 수많은 별들이 뜨는 걸 보았지만, 마을 한쪽에 서 있는 산 때문에 그 너머의 별들은 볼 수 없었는데, 길게 이어진 모래들판에서는 모든 별들이 가려지지 않은 채 떠 있었다. 마치 거대한 별들의 호수에 누워 있는 느낌이었다.

11. 두 얼굴 호수마을

바오밥 호수마을을 떠난 두 사람은 일주일 넘게 숲과 들판, 그리고 모래들판을 지나고 나서 드디어 두 얼굴 호수마을에 도착했다. 마을에 들어선 미로는 긴장했다. 미로네 마을보다 열 배는 더 큰 마을이었다. 그 큰 마을이 높고 소란스러운 소리로 가득차 있었다. 마치 싸우는 소리 같았다. 미로네 마을은 크기가 작기도 했지만, 이 마을에서처럼 시끄러운 장면은 보기 어려웠다. 구루 이야기꾼이 말해준 것보다 훨씬 더 시끄러운 듯했다.

"할아버지, 이 마을은 정말 시끄러운 것 같아요. 사람들이 지금 싸우고 있는 건 아니지요?"

"싸우는 건 아니야. 물론 가끔 싸우기도 하지만, 논쟁을 하고 있는 거야. 전에 말해준 것처럼, 두 편으로 나뉘어 '맞다', '틀리다' 하며 논쟁을 벌이고 있는 거야. 어떤 문제들에서는 시끄럽지 않게 한쪽이 승리를 거두기도 하지만, 어떤 문제들에서는 서로 양보 없이 길게 다툼이 이어지지. 몇 년이 지나도 양보하지 않는 문제들도 있고, 해결된 것처럼 보였다가 몇 년이 흐른 뒤에 다시 다툼을 일으키는 문제들도 있어. 정말 복잡한 마을이지.

지나가는 사람들에게도 의견을 물어서 논쟁에 참여하는 사람의 수가 점점 더 많아지기도 하고, 마을 전체가 휘말리기도 해. 그 싸움에 휘말리면 도무지 빠져나오기가 힘들어. 나도 예전에 지나가다가 붙들려서 멋모르고 어느 쪽이 옳은 것 같다고 얘기했다가 단단히 혼쭐이 났어. 논쟁을 하던 마을 사람들이 어느 쪽이 맞느냐고 물었을 때, 어느 쪽이 옳다고 대답을 했다가는 거기에 휘말려 빠져나오기 힘드니까, 누군가 물으면 얼버무리는 게 좋아. 물론 논쟁 자리를 피하는 게 가장 좋은 방법이지만."

두 사람이 숙소를 찾아가는 길에 만난 어느 골목도 조용하지 않았다.

"이렇게 큰 마을이면 이야기꾼들도 많겠네요."

"많지. 이 마을에는 세 무리나 되는 이야기꾼들이 있는데, 호리병박처럼 생긴 두 얼굴 호수의 모양 때문이야. 두 얼굴 호수는 가운데 부분이 홀쭉한데, 사람들이 많이 사는 곳은 호리병박의 아래쪽처럼 넓은 면적을 갖고 있고, 그 반대쪽은 호리병박의 위쪽처럼 작은 부분을 차지하고 있지.

큰 마을에는 두 무리의 이야기꾼들이 있어. 하나의 마을이라면 하나의 이야기가 전해져야 할 텐데, 두 무리가 전하는 이야기가 서로 달라. 그 때문에 두 무리의 이야기꾼들이 사이가 좋지는 않은데, 무리마다 열 명이 넘는 이야기꾼들이 있지."

"아까 이야기꾼 무리가 셋이라고 하셨잖아요?"

"호수 다른 쪽 작은 마을에도 이야기꾼들이 있거든."

그런 이야기를 나누며 논쟁에 빠진 사람들로 가득한 골목들을 지나다가 이야기꾼이 미로를 바짝 끌어당겼다. 골목의 다른 한편에서 한 무리의 사람들이 나타났는데, 한가운데 있는 노인이 두 사람을 향하여 손을 흔들었다.

분명히 아는 사람에게 하는 손짓이었다. 하지만 얼굴 표정은 묘했다. 반가운 것 같지 않은 표정이었다. 미로는 이야기꾼을 올려다보았다. 구루 이야기꾼의 얼굴에도 비슷한 표정이 그려져 있었다.

"누구예요? 아는 사람이에요?"

"'사단'이라는 이 마을 이야기꾼이야."

구루 이야기꾼의 대답에는 경계의 기색이 느껴졌다.

손을 들었던 사람이 다가와 인사를 건넸다.

"어이, 구루, 이게 얼마 만인가! 지난번 본 뒤로 5년쯤 지난 것 같군. 어떻게 지냈나?"

"오랜만일세, 사단. 그래…… 벌써 5년이 흘렀군."

구루 이야기꾼과 인사를 나눈 사단 이야기꾼은 구루 이야기꾼에게 다른 말을 하지 않고 미로를 보았다. 미로는 고개를 숙여 인사를 했다.

"이름이 뭐냐?"

미로가 대답을 하려는데 구루 이야기꾼이 먼저 답을 했다.

"미로라네. 이번에 함께 여행을 하게 되었네."

"미로라…… 몇 살인가?"

"열한 살이라네."

"그렇군…… 그런데 자네 후계자가 보이지 않는군. 이 아이가 새로운 후계자인가?"

미로는 사단 이야기꾼의 말을 듣고 있는 구루 할아버지의 표정에서 복잡하게 엉키는 구름을 보았다고 생각했다.

"그 아이는 이야기꾼이 되는 것을 포기했네."

"안됐군!"

하지만 그렇게 말하는 사단의 얼굴에서는 안타까움을 한 자락도 찾아볼 수 없었다.

사단 이야기꾼의 뒤에 있던 후계자로 보이는 사람 여섯 명쯤이 건성건성 미로를 훑어보았다. 나이가 다들 달라 보였다. 가장 큰 후계자는 스무 살이 훨씬 넘어 보이는 청년이었다.

"이 아이는 그냥 함께 여행을 온 걸세."

"그런가? 자네 마을의 이야기가 이어져야 할 텐데, 걱정이군."

미로는 사단의 얼굴에서 걱정보다는 빈정거림을 보았다고 생각했다. 사단 이야기꾼의 옆에 서 있는, 애린 형보다 나이가 들어 보이는 후계자가 입가에 야릇한 웃음을 흘리는 모습이 보였다. 미로는 그 야릇한 미소에서 뭔가 좋지 않은 느낌이 전해져오는 걸 느꼈다. 그 옆에는 애린 형보다 약간 어려 보이는 처녀가 서 있었는데, 구루 이야기꾼과 미로를 쳐다보지 않고 다른 곳을 보고 있었다.

"미로라고 했나? 이 아이들이 내 제자들 전부는 아니야. 우리 '엄지 호수마을'은 호수마을 중에 가장 커서 한두 명의 이야기꾼으로는 마을의 이야기가 감당이 되질 않거든. 하하하!"

미로를 내려다보며 말을 하는 사단 이야기꾼의 태도에는 거만함이 가득했다. 뒤에 서 있는 아이들도 자신들의 마을이 가장 크다는 걸 자랑스러워하는 거만함이 얼굴에 가득 자라나 있었다.

"이 아이가 이야기꾼이 될지 안 될지 모르겠지만, 혹시라도 이야기꾼이 되려고 한다면 지난번 아이보다는 좀 낫길 바라네. 얼마나 버틸지 알 수 없지. 하긴 작은 호수마을 하나의 이야기가 끊긴다고 해서 호수세계에 무슨 일이 생기는 건 아니니까. 우리 마을처럼 큰 호수마을이라면 모를까. 하지만 우리 마을에서는 터무니없이 이야기꾼이 끊기는 법은 없지. 하하하!"

미로는 사단 이야기꾼이 애린 형을 두고 하는 이야기라는 걸 느꼈다. 무슨 일이 있었는지 모르겠지만, 빈정거리고 있다는 건 분명하게 알 수 있었다. 미로는 구루 할아버지의 얼굴을 살폈다. 구루 이야기꾼의 얼굴에 드리운 구름이 더 어두워져 있었다.

"숙소는 정했나?"

"'나그네 신발'에서 묵을 생각이네."

"아, 늘 묵는 그 작은 숙소군. 다시 만날지는 모르겠지만, 즐겁게 지내다 가길 바라네. 나도 아이들을 데리고 곧 여행을 떠날 생각이네."

사단 이야기꾼은 그 말을 남기고 후계자들을 데리고 사라졌다. 후계자 무리 중에 막내로 보이는 미로 또래의 아이가 무리의 맨 마지막에 따라가면서 일부러 어깨로 미로를 밀치며 낮은 목소리로 욕을 내뱉었다.

"멍청한 작은 마을 놈!"

뜻밖의 공격과 느닷없이 던져진 욕설에 미로는 한쪽으로 휘

청했다. 구루 이야기꾼이 쓰러지려는 미로를 급하게 잡았다. 무리와 함께 있던 처녀 이야기꾼 후계자가 그 모습을 보고는 욕을 하며 미로를 밀친 소년의 뒤통수를 손바닥으로 세게 후려친 뒤 목덜미를 낚아채서 앞세웠다. 무리가 골목을 빠져나갈 때쯤 처녀 이야기꾼이 뒤를 돌아보았는데, 미로는 그 눈빛이 무리의 눈빛과는 다르다는 느낌이 들었다. 고개를 살짝 숙여 인사를 하는 것 같기도 했다.

"참아라, 미로야."

사단 이야기꾼의 무리가 멀어지는 걸 바라보던 구루 이야기꾼의 얼굴은 어두운 기운이 더 짙어졌다. 낮게 한숨을 쉬기도 했다. 미로는 좀전에 만난 사단 이야기꾼과 처녀 이야기꾼 후계자의 정체가 궁금해졌다. 분명, 구루 할아버지와 이 마을 이야기꾼들 사이에 뭔가가 있는 듯했고, 애린 형과도 무슨 일이 있었던 듯한 느낌이었다.

"사단 이야기꾼과 후계자들은 느낌이 너무 안 좋아요."

이야기꾼은 길게 한숨을 쉬고는 입을 뗐다.

"사단이라는 저 친구는 두 얼굴 호수마을을 대표하는 이야기꾼이야. 두 얼굴 호수마을에 세 무리의 이야기꾼들이 있고, 큰 마을 쪽에 두 무리가 있다고 했지? 그중 하나가 사단의 무리야. 사단이 가장 많은 제자를 거느리고 있지. 그 때문에 자기 마을이 호수마을들 중에서 가장 큰 마을이라는 자부심이 대단하고, 자기가 호수세계에서 가장 위대한 이야기꾼이라고 떠벌리고 다니지."

미로는 구루 이야기꾼의 말을 듣고 사단 이야기꾼 무리가 사라진 쪽을 다시 한번 돌아보았다.

"우린 오래전에 만났어. 젊은 시절에 여행을 함께 한 적이 한 번 있었지. 이런저런 일 때문에 저 친구를 만나는 게 마음이 편치 않아. 혹시라도 네가 이야기꾼이 되겠다면 나중에 이야기를 해주마. 지금은 궁금해도 참아. 네가 이야기꾼이 되지 않겠다면 모르는 게 좋으니까."

두 사람은 '나그네 신발'에 도착해 짐을 풀었다. 미로는 이야기꾼 숙소에 막 도착했을 때, 입구에 걸린 나무 팻말에 땀을 뻘뻘 흘리는 신발의 모습이 그려져 있는 것이 무척 재미있다고 생각했지만 구루 할아버지의 기분이 가라앉아 있는 것 같아서 그 얘기를 꺼내기 어려웠다.

"미로야, 입구에 걸린 팻말 그림이 재미있다는 생각이 들지 않니?"

이야기꾼이 미로의 마음을 눈치챈 듯이 말을 꺼냈다.

"재미있어요! 신발이 땀을 흘리고 있는 걸 보면, 저 신발은 이야기꾼의 신발 같아요. 기분이 안 좋으신 거 같아 물어볼 수는 없었지만요."

"이야기꾼의 신발이 맞아. 두 얼굴 호수마을에는 이야기꾼들이 묵는 숙소가 두 곳 있는데, 한 곳은 이곳보다 아주 커. 함께 다니는 후계자들이 여럿인 이야기꾼들이 주로 묵지. 그곳에는 황금 신발이 그려져 있는데, 이곳에 그려진 신발과는 느낌이 아주 달라."

미로는 나무 팻말을 다시 올려다보았다. 이야기꾼에게는 황금 신발보다는 땀을 흘리는 신발이 더 어울릴 거라는 생각이 들었다. 이야기꾼의 말이 다시 들려왔다.

"어쨌든, 긴 여행을 다니려면 안 좋은 기분에 사로잡히는 걸 경계해야 해. 여행중에 보아야 할 걸 못 보게 만들거든. 결코 쉽지는 않은 일이지만, 지난 일에만 갇혀 있으면 사람은 감정의 무게를 절대 이기지 못해. 사람이 질 수 있는 무게는 언제나 정해져 있거든. 저녁을 먹고, 시장에 가면 네게 보여줄 게 있다."

"어떤 건데요?"

"사람들이 마을에서 가장 힘센 사내를 두고 논쟁을 벌이는 모습이야. 그 사내가 무거운 돌 앞에 서면 사람들이 들 수 있다는 쪽과 못 든다는 쪽으로 나뉘어 논쟁을 벌이는 곳이 있지. 내기를 걸기도 해. 그런데 그 사내는 매번 다른 돌을 들기는 하지만 그 돌들은 모양이 다를 뿐이지 무게까지 완전히 다른 것은 아니야. 아무리 힘센 사내라고 해도 무한정 무게를 높일 수는 없거든. 사람의 감정도 그런 거야. 많은 역경을 견딘 사람들도 어느 고통 이상을 견딜 수는 없어. 그걸 잘 기억해야 해. 이야기도 마찬가지야. 이야기를 무한정 기억할 수는 없어. 이야기의 이치를 깨닫는 게 그래서 아주 중요한 거야. 이런…… 너한테는 너무 어려운 이야기구나. 내가 능력이 된다면 너와 함께 자주 여행을 하면 좋겠다. 물론 네가 이야기꾼이 되겠다고 결심을 단단하게 굳힌 다음이 되겠지만 말이다. 그나저나 이야기꾼 숙소 팻말 이야기를 하려다가 얘기가 너무 멀리 빗나간 것 같다. 저 팻말 그림은 첫 마을에서 만난 다우 그 친구가 그린 거야. 벌써 40년쯤 전이지."

"다루네 할아버지가요?"

미로는 자신이 다우 이야기꾼님을 '다루네 할아버지'라고 부른 것에 스스로 깜짝 놀랐다. 다루하고는 이야기도 나누지 못했는데 말이다.

"그 친구 그림 솜씨가 아주 대단하거든. 여기저기 호수마을의 이야기꾼 숙소에 그 친구가 그린 그림이 걸려 있어. 덕분에 그 친구와 여행하면서 도움을 많이 받았지. 그림을 그려주면 숙소 주인들이 여행중에 먹으라고 음식을 더 많이 챙겨주곤 했거든."

'나그네 신발'에는 이미 여러 곳의 작은 호수마을에서 온 이야기꾼들이 머물고 있었다. 구루 할아버지는 오랜 인연을 맺어온 그 이야기꾼들과 반갑게 인사를 나누었고, 미로를 소개하기도 했다. 다른 이야기꾼들도 함께 데려온 후계자들을 미로에게 소개해주었다. 후계자들 중에는 미로와 비슷한 나이의 아이도 있었지만, 미로는 자신이 아직 이야기꾼 후계자가 아니라는 사실 때문에 후계자들과 이야기를 나누는 게 어색했다. 이야기꾼들은 구루 이야기꾼에게 다음에 자기들의 호수마을에 들러달라고 초청을 했고, 구루 이야기꾼은 그러겠노라고 답했다.

저녁을 먹고 두 사람은 거리로 나갔다. 불이 밝혀진 골목에서는 여전히 사람들이 논쟁을 하고 있었다. 이야기꾼이 말한 마을에서 가장 힘센 사내가 등장하는 논쟁도 구경했다. 이야기꾼은 매번 같은 일이 벌어지는데도 사람들이 싫증내지 않고 내기를 걸고 논쟁을 하는 게 신기하다고, 힘센 사내가 매번 같은 무게를 들 수는 없는 일이지만 그 차이를 두고 토론을 벌이고 내기를 하는 게 우습기도 하고 의아하다고 했다.

골목들을 지나 두 사람은 '두 얼굴 호수'에 도착했다. 호수 주변에도 논쟁을 하는 사람들이 있어서 시끄러웠다. 멀리 호수의 저편에 불빛 몇 개가 보였다. 불이 많이 켜져 있고 시끄러운 호수 이편과는 달리, 호수의 먼 저편은 어둡고 조용해 보였다.

"호수 저쪽은 조용한 거 같아요."

"그곳엔 사람들이 적게 사니까. 두 얼굴 호수마을은 처음부터 이렇게 크지는 않았어. 원래 우리가 있는 이곳에 큰 호수가 있었고, 저 반대편에 작은 크기의 호수가 있었지. 아주 오래전 폭우가 내리던 어느 여름날 지진이 일어났는데, 두 개의 호수 사이에 물길이 생겼고, 결국은 합쳐졌어.

두 호수가 합쳐지면서 두 호수에 살고 있던 사람들도 합쳐지게 되었지. 서로 다르게 살았던 사람들이 합쳐지면서 논쟁을 하는 모습이 생겨난 거야. 작은 호수 사람들은 본래 논쟁을 좋아하지 않아서 논쟁에서 이길 방법을 알지도 못했고, 숫자가 적다보니 늘 졌지. 결국 호수마을의 모든 일이 큰 호수 출신들의 뜻대로 이루어지게 된 거야. 그러다가 이전처럼 나누어 살게 된 거고.

저 건너편에는 작은 호수 출신의 사람들이 주로 살고 있지만, 큰 호수마을 출신 중에서도 논쟁을 싫어하는 사람들은 저 건너편으로 이사를 갔지. 작은 호수마을 출신 중에서도 논쟁을 좋아하게 된 사람들은 이곳으로 건너왔고.

호수 건너편 마을 사람들은 다른 사람들이 그곳에 오는 걸 좋아하지 않아. 다른 마을 이야기꾼이 마을의 이야기를 듣기 위해 찾아가도 반가워하지 않을 정도야. 옛날에 있었던 싸움의 기억 때문일 거야.

논쟁을 좋아하는 이편 사람들은 저편 사람들을 무시해. 논쟁에 져서 도망간 사람들쯤으로 생각하거든. 이곳 사람들은 세상의 모든 일을 무조건 지거나 이기는 것으로만 판단을 해. 호수 저편으로 간 사람들은 세상일은 지거나 이기는 것으로만 판단할 수 없다고 말하지만, 이편 사람들은 그 얘기를 귀담아 듣지 않아. 패배자들이라고 비웃기만 하지."

"두 얼굴 호수에 대한 이야기를 듣고 나니 느낌이 별로 좋지 않아요. 다시는 오고 싶지 않다는 생각도 들고요."

"그런 느낌이 들 수 있지! 하지만 그럴 수는 없어. 이야기꾼이 되려면 두 얼굴 호수마을에서 벌어지는 일들이 다른 마을에서도 일어난다는 걸 알고 있어야 하거든. 다만 다른 마을에서는 드물게 일어나고 소리가 크지 않을 뿐이야."

"하긴 그래요. 우리 마을에서도 마을 사람들이 서로 의견이 맞지 않을 때가 있었어요."

"그렇지. 두 얼굴 호수마을에서 사람들이 어떤 일로 다투는지를 알게 되면 나중에 우리 마을에 의견이 갈리는 일이 생겼을 때 큰 도움이 될 거다."

"이야기꾼이 그런 일도 해야 해요?"

"이야기꾼이라고 해서 의견을 정해줄 수는 없지. 다만 도움을 주는 것뿐이야. 사람들은 자기가 겪은 일만 알고, 겪지 않은 일에 대해서는 잘 모를 때가 있거든. 이야기꾼은 그런 경우에, '다른 마을에서는 이런 일이 있었습니다', '옛날에 이런 일이 있었습니다'라고 얘기를 해주는 거야. 그러면 이야기꾼의 이야기를 듣고 사람들이 결정을 하지."

"이야기꾼이 여러 이야기를 해주어야겠네요."

"그렇지. 여러 이야기를 해주고, 이야기를 들은 마을 사람들이 이야기에서 떠오른 방법 중에 어떤 게 마을에 도움이 될지를 고민하는 거지."

그사이 어둠이 몰려왔다. 숙소로 돌아오자, 구루 이야기꾼의 이야기를 들으려는 사람들이 손에 작은 물건들을 하나씩 들고 숙소 1층에 가득 모여 시끄럽게 논쟁을 벌이고 있었다. 이야기가 시작되자 모두 조용해졌지만, 중간중간 여기저기서 구루 이야기꾼의 이야기가 맞네, 그렇지 않네 하며 웅성대는 소리가 끊이지 않았다.

이야기가 끝나자 사람들의 웅성거림은 더 커졌다. 논쟁이 끝나지 않을 것 같아 구루 이야기꾼과 미로는 서둘러 방으로 돌아갔다. 논쟁 소리는 밤이 깊어서야 멈추었다. 미로는 의견이 딱 둘로만 나뉘는 것이 결코 좋은 게 아니라는 생각을 하면서 잠이 들었다.

두 사람은 며칠을 더 묵으며 마을에서 일어나는 여러 일들을 듣고 구경하며 다녔다. 사단 이야기꾼 일행과 마주치기도 했지만, 그때마다 두 일행은 모르는 척 비켜 갔다.

저녁마다 이야기꾼 숙소에서 구루 이야기꾼과 다른 마을에서 온 이야기꾼들의 이야기판이 벌어졌다. 이야기꾼들의 이야기는 저마다 달랐지만, 마을 사람들의 반응은 언제나 같았다. 이야기가 끝나면 두 편으로 갈려 논쟁을 벌였다.

아주 시끄러운 마을이었는데도 모든 호수마을 중에서 두 얼굴 호수마을이 가장 큰 마을인 것이 미로에게는 아주 이상하게 여겨졌다. 구루 이야기꾼은 미로의 궁금증에 대해, 많은 호수를 돌아보고 나면 그 이유를 알게 될 테니 조급해할 거 없다고 말했다.

호수에 갈 때마다 이야기꾼은 호수를 한참 바라만 보다가 돌아오고는 했다. 미로는 구루 할아버지가 사단 이야기꾼을 만나 예전의 가슴 아픈 일을 떠올렸기 때문이라고 짐작했다.

두 사람은 두 얼굴 호수마을에서 4일을 묵었는데, 마지막날 저녁 두 사람은 다른 호수마을에서 온 이야기꾼의 이야기를 듣고 있었다. 구루 할아버지가 잠시 화장실에 갔을 때, 누군가 미로의 어깨를 지그시 잡았다. 미로가 돌아보니 사단 이야기꾼 무리에서 만났던 후계자 처녀였다. 그녀는 미로에게 귓속말을 했다.

"조금 있다가 화장실에 간다고 하고 숙소 뒤편 마당으로 좀 나올래? 물어볼 게 좀 있어. 부탁해. 이야기꾼님에게 말하지 말고, 알았지?"

미로는 고개를 끄덕였다. 잠시 후 구루 할아버지가 돌아왔고, 미로는 화장실에 다녀오겠다고 하고 뒤뜰로 갔다. 이야기꾼 후계자 처녀가 반갑게 미로의 손을 잡았다. 따뜻함이 전해져왔다.

"미로라고 했지? 나는 '수미'라고 해. 엊그제 있었던 일은 내가 대신 사과할게."

"괜찮아요. 그런데 물어볼 게 뭐예요?"

"혹시…… 애린이 어떻게 지내고 있는지 궁금해서. 잘 지내고 있을까?"

"애린 형을 알아요?"

"응, 조금…… 애린이 왜 후계자를 그만두었는지 알고 있니? 마을에서 무슨 일이 있었니?"

"아니요. 마을에서 무슨 일이 있었던 건 아니고, 여행중에 무슨 일이 있었던 것 같아요."

"뭐라고? 여행중에 생긴 일 때문이었다고?"

수미 후계자가 깜짝 놀라며 물었다.

"지난번 여행을 다녀온 뒤에요. 저는 그때 어려서 잘 몰랐지만, 애린 형이 말이 없어지고, 슬픈 표정을 자주 지었던 건 알아요. 호숫가에 혼자 멍하니 앉아 있는 것도 많이 보았어요."

그 말을 하던 미로는 수미 후계자가 눈물을 흘리고 있다는 것을 알았다. 그 모습을 본 미로는 깜짝 놀랐다. 무슨 말을 해야 할지 알 수 없었다.

"나 때문이야, 나 때문이야……"

눈물을 흘리던 수미 후계자가 혼잣말처럼 되뇌었다.

"예?"

"아니야, 아무것도. 미로야, 지금 있었던 일은 비밀로 해줘. 꼭 부탁해. 구루 이야기꾼님께도. 나중에 마을로 돌아가서도 애린에게 절대 나를 만났단 말을 하지 말아줘. 꼭 부탁해! 여행 잘하고."

그 말을 남기고 수미 후계자는 돌아섰다. 미로는 자신이 이해할 수 없는 이야기가 자신에게 찾아왔다는 생각이 들었다. 그날 저녁 이후로 풀 수 없는 실타래 뭉치가 미로의 가슴에 들어앉았다. 그 이후 여러 차례 구루 할아버지에게 묻고 싶은 충동이 일었지만, 그때마다 비밀로 해달라고 말하던 수미 후계자의 간절한 표정이 함께 떠올랐다.

12. 반딧불 호수마을

두 얼굴 호수마을에서 오래 있고 싶은 마음은 없었지만, 다른 호수마을에서 온 이야기꾼들의 이야기를 들어야 했기 때문에 며칠을 보낸 후에 두 사람은 마을을 떠났다. 두 얼굴 호수마을의 이곳저곳을 둘러보았지만, 호수 건너편의 작은 마을을 보지 못했으니, 두 얼굴 중에 하나의 얼굴만 본 셈이었다.

달의 앞면만 보고 뒷면을 보지 못한 것과 같을 수도 있다. 보이지 않는 뒷면이 보이는 면과 똑같을 수도 있지만, 다를 가능성도 있다. 처음에는 아주 사소한 것으로 보인 차이가 시간이 흐를수록 두 얼굴 호수마을의 큰 마을과 작은 마을의 얼굴을 더 달라지게 할 수도 있다.

깊은 숲에서 길을 잃는 것도 한 걸음에서 시작된다. 처음에는 단 한 발의 아주 작은 차이지만, 백 걸음, 천 걸음을 걷고 난 뒤에는 서로를 향해 아무리 소리쳐도 들을 수 없는 먼 곳에 있게 된다. 뒤늦게 멀어졌다는 걸 깨닫고 서로를 향해 길을 잡지만, 너무나 멀어졌기 때문에 서로를 향하는 길이 다시 한번 길을 잃는 것이 될 수도 있다. 영원히 만날 수 없게 될 수도 있다.

가보지 못한 건너편 호수마을은 다음이라고 해서 반드시 갈 수 있다는 보장이 있는 것은 아니었지만 다음을 기약하기로 했다. 온종일 시끌벅적하던 두 얼굴 호수마을을 벗어나자 귀가 편안해졌다. 사람들의 논쟁 소리 대신 새들의 지저귀는 소리와 바람소리가 들려왔다.

두 얼굴 호수마을의 한쪽에 서 있던 산도 더는 보이지 않게 된 곳에서 만난 숲에는 이상한 이름의 나무들이 많았다. 이야기꾼이 알려준 이름들 중에는 '나도밤나무', '너도밤나무', '먼나무', '아왜나무', '이나무', '꽝꽝나무' 같은 것들이 있었다. 미로는 나무 이야기를 듣다가 키득키득 웃음이 나왔다.

"뭐가 그렇게 재미있니?"

"나무 이름들이요! 밤나무하고 나도밤나무, 너도밤나무가 서로를 소개한다면 웃기는 대화가 이어질 거 같아요. 밤나무가 '나는 밤나무다!'라고 말하면, 나도밤나무가 분명히 '나도 밤나무다!'라고 말할 테고, 밤나무가 자기하고 모습이 다른 나무가 '나도밤나무'라고 하는 말을 듣고 기가 막혀서 '너도 밤나무라고?' 하며 물을 거 아니에요. 그러면 그 옆의 나무가 '그래 너도밤나무다!'라고 대답을 하며 끼어들 거고, 그러면 세 나무가 말다툼을 벌일 거 아니에요. 그러다가 셋 중의 어느 나무가 '먼 나무야, 대체 이 나무는?' 하고 말을 하면 이번에는 '먼나무'하고 '이나무'가 끼어들어, '밤나무면 밤나무지 왜 너도나도 밤나무라고 난리들이야, 밤나무들은 너도나도 꽝꽝 막혔어'라고 할 거고, 그러면 옆에서 가만히 구경하던 꽝꽝나무가 어안이 벙벙해져서 왜 자기를 물고 늘어지냐고 그럴 거고, 점점 더 난장판이 되는 장면이 떠올라요!"

"하하하! 그렇겠네! 나무 이름 때문에 아주 혼란스러운 장면이 펼쳐지겠는데!"

"혹시, 두 얼굴 호수마을에서 가까운 곳이라서 이런 나무들이 모여 사는 걸까요?"

"그렇지는 않겠지만, 재미있구나. 하하하!"

두 사람은 나무들이 가득한 숲과 가을꽃들이 피어날 준비를 하고 있는 들판에서 여러 날을 걷고 잠을 자며 여행을 했다. 미로는 나무와 꽃, 버섯, 곤충들에 대해 점점 더 많이 알게 되었다. 마을에서 본 것들도 많았지만, 한 번도 보지 못한 것들도 많았다.

어느 날 밤에는 철써기 소리에 깜짝 놀라기도 했다. 잠을 자다가 엄청나게 시끄러운 소리에 놀라서 깨어 일어났는데, 곤충이 내는 소리였다. 여치, 베짱이와는 비교할 수도 없는 큰 소리였다. 여치와 베짱이 소리는 잠이 잘 들 수 있게 해주었는데 말이다. 쇠를 두드리는 듯한 소리를 내서 철써기란 이름이 붙여졌다고 이야기꾼이 설명을 해주었는데, 정말 이름을 기막히게 붙였다는 생각이 들었다. 이튿날 철써기를 직접 확인할 수 있었는데, 여치, 베짱이보다 덩치가 훨씬 컸다. 미로네 호수마을에서 볼 수 없었던 건, 철써기가 따뜻한 곳에서 사는 곤충이기 때문이었다.

여행을 하며 많은 걸 새로 알게 되었지만, 나무와 꽃, 버섯, 곤충 들이 어떤 이야기를 하는지는 알지 못했다. 더 많은 여행을 하고, 더 많은 이야기를 듣고, 더 자라야만 이야기를 들을 수 있을 것 같았다. 이야기꾼은, 한 발 한 발 길을 천천히 걷는 것처럼 천천히 듣게 될 거라고, 급한 마음을 가진다고 해서 들을 수 있는 게 아니라고 했다.

두 사람은 그후로도 며칠을 여행한 뒤에 다른 호수마을에 도착했다. '반딧불 호수마을'이라고 했다. 두 얼굴 호수마을보다는 작았지만, 미로네 마을보다는 두세 배쯤 컸다. 이야기꾼들이 여행 때마다 빠지지 않고 찾는 마을이라고 했다.

오후도 한참 지난 시간에 도착했지만 마을은 시끄럽지 않고 조용했다. 골목을 지나는 마을 사람들도 논쟁을 벌이지 않고 차분하게 인사를 나누며 지나쳤다. 구루 이야기꾼에게 오랜만이라고 반갑게 인사를 하는 사람들이 많았다. 미로에게도 따뜻하게 인사를 건넸다.

이야기꾼은 마을 한가운데 있는 이야기꾼 숙소로 미로를 이끌었다. '지혜 시간'이라고 불리는 숙소였다. 미로는 이야기꾼 숙소임을 알리는 팻말에 어떤 그림이 그려져 있을지 궁금했다. 미로의 기대처럼 팻말이 입구에 매달려 있었고, 골똘히 생각에 잠긴 나이든 할아버지의 모습이 그려져 있었다. 한 번도 본 적이 없는데도 친근하게 느껴지는 얼굴이었다.

"혹시 저 팻말의 그림도 다우 할아버지가 그린 거예요?"

"맞아, 그 친구가 그린 거지! 용케도 알아보는구나."

"그림 속 할아버지는 누구예요? 혹시 할아버지예요?"

"하하하, 내가 그림 속 주인공이라면 영광스러운 일이지만, 지금은 돌아가신 반딧불 호수마을의 이야기꾼님이야. 대단히 지혜로운 분이셨어. 모든 호수마을에서 존경을 받았던 분이지. 나도 어린 시절에 뵌 적이 있는데, 이야기를 많이 알고 계시기도 했지만, 지혜가 가득한 이야기를 많이 해주셨지.

다우가 어린 시절에 만났던 이야기꾼님을 떠올려서 그린 것인데, 다들 꼭 닮게 그렸다고 칭찬이 대단했지. 이 숙소의 주인도 이야기꾼이신데, 그림 속 이야기꾼님의 제자란다."

미로는 팻말 속의 인물을 다시 한번 찬찬히 살펴보았다. 얼굴에서 지혜가 풍겨 나오는 듯했다. 두 사람이 숙소에 들어서자 주인이 달려와 반갑게 맞았다.

"아, 구루 아저씨, 이게 얼마 만입니까!"

미로 아빠와 비슷한 나이로 보이는 숙소 주인은 구루 이야기꾼을 잘 알고 있는 것 같았다. 이야기꾼도 반갑게 손을 맞잡았다.

"반갑네, 반가워! 어떻게 지냈나? 아버님은 어디 계신가?"

그러자 숙소 주인의 얼굴이 슬픈 표정으로 바뀌었다.

"아버님은 작년에 돌아가셨습니다."

"아니, 뭐라고? 5년 전에 뵈었을 때만 해도 건강하지 않으셨나?"

"4년 전부터 기력이 많이 떨어졌고, 3년 전에 여행을 다녀오신 뒤에는 더 기운이 없어졌어요. 구루 아저씨 마을에도 가보아야 한다고 하셨는데, 어렵겠다며 안타까워하셨어요. 그래도 편안하게 떠나셨습니다. 이야기꾼 후계자도 여러 명 잘 키우셨고요."

"아, 너무 슬픈 일이네, 훌륭한 이야기꾼이셨는데…… 호수를 둘러보기 전에 먼저 찾아뵙고 싶네. 이야기꾼들이 묻힌 곳이겠지?"

"예, 그곳이에요."

대답을 하고, 주인은 벽에 걸린 그림을 바라보았다. 벽에는 인자한 얼굴의 노인이 그려진 액자가 걸려 있었다. 분명히 작년에 돌아가셨다는 이야기꾼님의 얼굴일 것 같았다. 숙소 주인과 닮았다고 느껴졌다. 구루 이야기꾼은 그 액자 앞에서 한참을 서 있었다. 마음속으로 기도를 하는 것 같았다.

"먼저 짐을 푸시고, 뭐라도 좀 드세요. 방은 전에 묵었던 곳에 묵으세요. 그 방을 좋아하시잖아요."

주인은 다시 표정을 밝게 하고, 두 사람을 2층에 있는 방으로 안내했다. 미로는 구루 할아버지가 왜 그 방을 좋아하는지 바로 알았다. 방에서 호수의 정경이 멋지게 내다보였다. 창으로 보고 있자니, 마치 아름다운 호수가 담긴 그림을 보고 있는 것 같은 착각이 들 정도였다.

숙소에서 차려준 음식으로 간단히 요기를 하고 두 사람은 마을을 내려다보고 있는 언덕으로 향했고, 언덕을 올라가며 이야기꾼은 이제 막 꽃잎을 열 준비를 하고 있는 달맞이꽃을 몇 송이 꺾었다.

"돌아가신 이야기꾼은 나보다 열 살이 많으셨어. 밤에 피는 달맞이꽃을 참 좋아하셨지. 이야기꾼은 어두운 시간에 피는 달맞이꽃처럼 어둠을 밝혀주는 이야기를 해주어야 한다고 나와 다우에게 말씀하시고는 했어."

한참을 올라가자 아담하게 꾸며진 작은 정원이 나타났고 그곳에 묘지들이 있었다. 정원 앞에는 커다란 나무판이 서 있었는데, 묘지에 묻힌 이야기꾼으로 보이는 분들의 얼굴이 그려져 있었다.

정원 맨 아래쪽에 도착하자 그곳에 있는 묘지 중 하나가 돌아가신 이야기꾼의 묘지라는 걸 알 수 있었다. 이야기꾼 숙소 벽에 걸려 있던 초상화 속 노인의 모습이 그곳에 있는 무덤의 비석에도 그려져 있었다. 팻말에 있던 이야기꾼 할아버지 무덤도 그곳에 있었다. 팻말에 그려진 것과 같은 모습이 그려진 비석이 무덤 앞에 있어서 알 수 있었다. 돌아가신 이야기꾼들이 순서대로 자리를 잡고 있다는 것도 알 수 있었다.

구루 이야기꾼은 묘지 앞에서 눈물을 훔쳤고, 자신이 직접 만났던 이야기꾼뿐만 아니라 모든 이야기꾼들의 무덤을 꼼꼼하게 살폈다. 그러고는 미로에게 돌아가신 이야기꾼들에 대해 이야기를 해주었다.

두 사람은 언덕을 내려와 호수로 향했다. 두 얼굴 호수보다는 크기가 작았지만, 아름답고 차분한 분위기를 갖고 있었다. 초가을의 기운을 품은 바람이 호수를 살짝 흔들어 작은 물결을 일렁이게 하고 있었고, 호수 주변에는 늦여름과 초가을 사이에 피는 꽃들이 가득했다.

두 사람이 호수를 한 바퀴 도는 사이에 해가 지고 어둠이 몰려왔다. 그러자 호수에 빛이 나타나기 시작했다. 빛이 움직이고 있어서, 미로는 반딧불이들이 날아다닌다고 생각했다.

"이 호수는 '반딧불 호수'로 불리지만, '지혜의 호수'로도 불리고, '꽃의 호수'로 불리기도 해. 이 마을 사람들은 꽃의 영혼이 이 호수의 물결에 반짝인다고 믿고 있지."

"호수 표면에 반짝이는 저 빛들이요? 반딧불 같은데, 저 빛들이 꽃들의 영혼이에요?"

"반딧불처럼 보이지만 모두가 반딧불은 아냐. 다가가 보면 반딧불이가 없는데도 반딧불처럼 반짝이는 빛들이 있어. 그 빛들이 꽃들의 영혼이라는 거야. 올 때마다 보는데도 신기해. 너는 꽃들이 어떻게 색을 갖게 되었다고 생각하니?"

"모르겠어요. 사람들이 다른 얼굴을 갖고 태어난 것처럼, 그냥 다른 색을 갖고 태어난 거 아닌가요?"

"그럴 수도 있지만, 꽃들은 모양만으로도 이미 충분히 서로 달라. 꽃들이 갖고 있는 색은 꽃들이 말하는 방법인지도 몰라. 사람의 말은 공기 속을 날아가 다른 사람의 귀에 앉게 되지. 그러고는 신발을 벗고 귓속으로 걸어들어가서 생각의 문을 두드리고 이야기를 들려주는 거야. 사슴, 토끼도 그렇게 말을 하고, 새들도 그렇게 말을 해. 많은 사람들이 꽃들은 입이 없다고 생각하지만 꽃들도 입이 있어. 다만 우리 귀로 날아와 문을 두드리지 않을 뿐이지. 꽃들은 말을 할 때, 귀를 두드리는 게 아니고 눈을 두드리는 거야. 우리와는 다르게 태어난 거지. 꽃들에게는 힘든 방법이었는지 모르지만, 그건 꽃들 때문이 아니야. 사람들이 꽃들의 말을 귀로는 제대로 알아듣지 못했기 때문이야."

"우리가 꽃들의 말을 제대로 듣지 못해서, 꽃들이 우리 눈에다 대고 말을 한다고요?"

"그렇지. 모양으로 말을 했는데, 사람들이 모양의 말을 제대로 알아듣지 못한다는 걸 꽃들은 안 거야. 그래서 색을 갖게 되었지."

"사람이 꽃보다 바보처럼 느껴져요."

"실제로 꽃보다 사람이 바보야. 그래서 꽃들을 좇아다니는데, 정작 지혜는 배우지 못하는 거야. 이 마을의 전설에는 꽃들이 반딧불 호수에서 색을 얻는다는 이야기가 있어. 호수의 잔물결에 비친 햇살이 만드는 여러 가지 색 중에서 자기 마음에 드는 걸 고른다는 거야."

"하나만 고르는 건 아니지요? 꽃 안에 여러 색이 있잖아요."

"그렇지. 여러 색을 고르는 꽃도 있지. 자기의 이야기가 다른 꽃들의 이야기와 달랐으면 하는 마음에서 물결에 비친 색을 하나만 선택하지 않고 여러 개를 선택해서 섞기도 할 거야. 전설 속의 이야기지만, 나도 그 이야기를 믿고 있어."

미로는 저녁이 되면서 색이 점점 보이지 않는 꽃들을 보고는 이상한 생각이 들었다.

"그럼, 향기는요? 꽃들의 색이 말하는 방법이면, 향기는 말하는 내용이에요?"

"오호! 미로 너 제법인데. 향기는 꽃이 말하는 내용일 수 있지. 하하."

"그런데 꽃이 안 보여도 향기는 맡을 수 있잖아요. 사람은요? 사람이 말을 하지 않는데도 내용을 알 수가 있어요?"

"알 수 있지! 가만히 생각해보면 너도 분명히 알고 있는 거야. 말하자면 이런 거야. 여행을 떠나기 전에 미로 네 아빠가 나를 찾아왔는데, 네 아빠는 나에게 말하기 전에 이미 어떤 내용인가를 내게 전해주었어. 표정으로 전해주었지."

"꽃향기가 표정이기도 하다는 거예요?"

"꼭 얼굴 표정이라고 할 수는 없지만, 그 비슷한 거야. 그래서 꽃들이 사람보다 더 지혜로운 거지. 모습을 보이지 않고도 말하고 싶은 내용을 사방에 전하고 있으니까."

미로는 이야기꾼이 들려주는 얘기가 늘 조금씩 어려웠지만, 이번에는 솔직히 너무 어려웠다. 미로는 고개를 갸우뚱하고 말았다.

"그러면 '꽃의 호수'가 더 맞는 이름일 거 같은데, 왜 '반딧불 호수'로 더 많이 부르는 거예요?"

“이 마을의 전설에 호수세계의 지혜의 요정들이 이 호수에서 반딧불이의 모습으로 태어났다는 이야기가 있어서 그래. 그 때문에 반딧불이가 내는 빛이 지혜의 빛이라고 여기지만, 언제나 지혜로운 빛을 볼 수 있는 건 아니야. 요정들은 사람들을 위해 항상 지혜의 빛을 내고 있지만, 요정들의 지혜가 반짝인다는 걸 깨닫는 건 사람들이 어둠 속에 있을 때야.”

미로는 할아버지의 이야기를 들으면서 이 마을 사람들이 ‘지혜’를 아주 중요하게 여긴다는 생각이 들었다. 여기저기 ‘지혜’가 붙은 이름들이 많은 것도 그 때문인 것 같았다.

호수를 보며 이야기를 나누는 사이에 저녁이 더 깊어졌다. 일렁이는 호수 위에서 반짝이는 반딧불을 보고 있자니, 금방이라도 호수 어디선가 요정들이 물방울을 털어내며 다가올 것 같았다.

‘지혜 시간’ 이야기꾼 숙소로 돌아가니 저녁식사가 차려져 있었다. 미로와 이야기꾼이 주인과 이야기를 나누며 식사를 마치자, 반딧불 호수마을의 이야기꾼들과 마을 사람들이 숙소로 모여들었다. 모두가 반갑게 구루 이야기꾼과 인사를 나누고 미로와도 인사를 나누었다.

구루 이야기꾼의 이야기가 끝나자, 마을 사람들은 궁금한 것을 물었고 구루 이야기꾼은 자리를 떠나지 않고 그들이 궁금해하는 것들에 대해 오래 이야기를 나누었다. 모두들 차분하게 고개를 끄덕이며 궁금증이 지혜의 길을 찾아가도록 했다.

두 얼굴 호수마을과는 아주 다른 모습이었다. 미로가 이야기꾼에게 그런 느낌을 이야기하자, 구루 이야기꾼은 호수마을들을 비교해서는 안 된다고 말했다.

"사람들이 많이 살면 시끄러워지고, 적게 살면 조용해지는 건 당연한 거야. 다만, 사람들이 어떤 이야기를 하는지는 잘 살펴야 하지. 이야기의 내용이 가장 중요하니까."

"하지만 할아버지도 두 얼굴 호수마을에서는 이야기가 끝나자마자 방으로 도망가셨잖아요!"

"하하, 그랬지! 어느 때는 정말 귀가 윙윙 울리거든. 그 사람들 말에 응대를 해주는 게 도리이지만, 이번 여행에서는 정말 힘이 들었어. 이제 나도 나이를 많이 먹은 거 같다. 전에는 힘들어도 모두 들어주고 응대를 했는데 이젠 정말 힘이 드는구나."

그날 밤, 미로는 잠을 자다가 이상한 소리를 들었다. 이야기꾼의 잠꼬대 소리였다.

"어떻게 그럴 수 있나? 어떻게 그럴 수 있어!"

미로는 이야기꾼의 잠꼬대 소리가 너무 고통스럽게 들려서 깨워야 하나 말아야 하나 고민을 했다. 하지만 깨워서는 안 될 듯했다.

반딧불 호수마을에서의 재미있고 편안한 며칠이 지나갔다. 세상을 떠나신 이야기꾼님 소식을 알게 된 슬픈 시간도 있긴 했지만, 나머지는 즐거운 시간들로 가득했다. 그런데 미로는 이야기꾼이 예정보다 더 많은 날을 마을에서 머문다는 느낌이 들었다. 밤마다 이야기꾼의 고통스러운 잠꼬대도 계속 이어졌다. 어느 날 호수를 거닐고 있는데, 이야기꾼의 혼잣말이 들렸다.

"그래도 가야겠지…… 가기는 가야 해……"

그리고 그날 저녁 이야기꾼은 숙소 주인에게 다음날 떠나겠다고 알렸다. 주인도 이야기꾼이 그런 말을 할 때는 떠날 때가 되었다는 걸 알고 있었다. 돌아가신 아버지가 이야기꾼이었으니까.

그날 밤에도 이야기꾼은 고통스러운 잠꼬대를 토해냈다. '사단'이라는 이름도 흘러나왔다. 아침에 짐을 꾸리면서 미로는 이야기꾼에게 물었다.

"사단 이야기꾼과 제자들도 여행을 떠난다고 했는데, 이곳엔 오지 않나요?"

"그 친구는 이 호수마을을 좋아하지 않아. 내가 반딧불 호수마을은 여행 때마다 빼놓지 않고 들른다는 걸 너무 잘 알고 있지. 아주 오래전 딱 한 번 함께 돈 적이 있었지만, 그 이후 우리는 함께 여행을 하지 않아. 어느 호수마을에서든 함께 머무는 경우도 거의 없지."

이야기꾼은 답을 하며 긴 한숨을 내쉬었다. 딱 한 번 같이 여행을 했다는 그때 무슨 일이 있었는지도 모르겠다는 생각이 들었다. 수미 후계자도 떠올랐다. 미로가 모르는 일들이 너무 많이 얽혀 있는 듯했다.

1층으로 내려오자 촌장과 이야기꾼들과 마을 사람들 여러 명이 두 사람을 배웅하기 위해 기다리고 있었다. 숙소 주인은 여행중에 먹으라며 두 사람의 배낭에 더 들어갈 틈이 없을 정도로 음식을 챙겨주었다. 두 얼굴 호수마을하고는 비교할 수 없는 따뜻함이었다.

마을 사람들과 인사를 나누고 헤어진 뒤에 두 사람은 이야기꾼들이 잠든 정원에 들러 모든 묘지에 인사를 드렸다. 이야기꾼은 무덤마다 오래 인사를 드렸는데, 왠지 미로에게는 그 모습이 너무 슬프게 느껴졌다. 이야기꾼의 모습이 마치 마지막 인사라도 드리는 것처럼 느껴졌기 때문이었다.

13. 개밥바라기 호수마을

반딧불 호수마을을 떠난 지 3일째 되는 날 만난 숲에는 특이한 이름의 나무들이 많았다. 구루 이야기꾼이 미로에게 알려주는 나무들의 이름에는 모두 '개' 자가 붙어 있었다.

개복숭아, 개살구, 개머루, 개오동나무, 개옻나무, 개산초나무, 개비자나무, 개붉가시나무…… 좋지 않다는 의미로 사람들이 이름 앞에 '개'를 붙였다고 한다. 구루 이야기꾼은 환경이 달라지면 나무에 달리는 열매도 달라질 수 있기 때문에 크게 열리는 것만이 좋은 것도 옳은 것도 아니라고 말했다. 서로 다른 환경에서 자랐다면, 작은 것이라도 그 환경에서 가장 좋은 방법을 택한 것이라고 말이다.

닮은 나무와 구별하기 위해서 '개'를 붙인 나무들도 있다고 했다. 개사시나무, 개박달나무, 개서어나무, 개회나무, 개쉬땅나무, 개벚나무, 개옻나무…… 많기도 했는데, '개'를 붙인 것이 미로는 마음에 들지 않았다.

"왜 '개'라고 붙였는지 모르겠어요. 나무들도 안 좋아할 것 같아요."

미로의 말을 듣고 이야기꾼이 웃었다. 며칠만의 웃음이었다. 이야기꾼은 며칠 동안 깊은 우물 속 같은 생각에 사로잡혀 있어서 골똘한 표정 외에는 다른 표정을 발견할 수 없었다.

"그런데, 우리가 가는 호수의 이름이 '개밥바라기 호수'라는 게 좀 이상해요. 개밥바라기 호수도 이 숲의 나무들처럼 좋지 않은 의미나 뭔가를 닮아서 붙여진 이름이에요?"

"미로 너도 잘 알고 있는 거야. 해가 지면 서쪽 밤하늘에서 모습을 드러내는 금성을 부르는 이름이야."

"그건 샛별 아니에요?"

"그것도 금성을 부르는 이름이긴 한데, 샛별은 새벽에 보일 때 부르는 이름이고, 해가 지고 난 저녁에 보일 때는 개밥바라기나, 어둠별이라고 불러. 저녁에 뜨는 금성의 모습을 따서 '개밥바라기 호수'라고 이름 지은 거야. 깊은 밤이면 밤하늘의 모든 별들이 호수에도 비치는데, 그 모습을 이끌고 있다고 생각해서 개밥바라기 호수라고 지은 거지. 호수세계의 호수 중에서 개밥바라기 호수가 가장 잔잔해."

"나무들에 이름 붙인 것처럼 호수에도 그렇게 이름을 붙인 줄 알았어요."

"이름은 아무렇게나 붙이는 게 아니야. 아름다운 이름을 붙인다고 아름다운 존재가 되는 것도 아니고, 추한 이름을 붙인다고 아름다운 게 추해지지도 않아. 이름은 스스로에게서 흘러나온 빛이 되어야 하는 것이거든. 누군가 대충 만든 이름이 시간이 흐르면서 어떤 모습을 갖게 되는 경우가 있기는 하지만, 이름을 먼저 붙여주었다고 해서 이름대로의 모습이 되는 법은 없어. 언제나 이야기가 숨어 있지."

"할아버지……"

"왜?"

"혹시 개밥바라기 호수에서 무슨 일이 있었어요?"

미로의 물음에 이야기꾼은 깊은 한숨을 쉬었다. 이야기꾼은 바로 대답하지 않고, 산을 몇 개만 더 넘으면 만나게 될 개밥바라기 호수마을 쪽의 하늘이 석양에 조금씩 물들어가는 모습을 한동안 바라보았다. 미로는 괜히 물어보았다는 생각이 들었다.

"물위에 기름을 떨어뜨리면 어떻게 되는지 너도 알지? 이야기도 그런 거야. 받아들일 때가 되지 않으면 섞이지 못하고 둥둥 떠 있게 돼. 그건 좋지 않아. 그래서 네가 이야기꾼이 되겠다고 하더라도 나중에 이야기를 해주려고 했는데…… 어쩌면 지금 해주는 게 나을지도 모르겠다. 아직은 물위에 뜬 기름방울처럼, 네가 이해할 수 있는 이야기는 아니라는 생각이 들기는 하지만……"

그러고도 한참이 지난 후에 이야기꾼은 이야기를 시작했다.

"벌써 오래전이야. 40년 전의 일이지. 그때 나는 친구 다우와 함께 여행을 떠났는데, 스승 이야기꾼과 함께하지 않고 떠난 첫번째 여행이었지. 다우도 그랬고, 그래서 둘이 여행을 떠나게 된 거야.

두 얼굴 호수마을에서 사단이 여행에 합류하려고 했어. 그때도 사단은 아주 거만했지. 그게 싫었던 다우가 우리끼리 갔으면 좋겠다고 했지만, 내가 설득을 해서 셋이 함께 여행을 떠났어. 두 얼굴 호수마을의 이야기꾼들은 보통은 자기들끼리 무리 지어 여행을 하는데, 그때 사단이 왜 그랬는지는 지금도 모르겠어. 사단은 그 이후에 다른 마을 이야기꾼들과 함께 여행을 한 적이 없거든.

누구보다 욕심이 많았던 사단이 두 얼굴 호수마을의 다른 이야기꾼들과는 다른 경험을 만들려고 했을 거란 생각이 나중에 들기는 했지만, 뒤늦은 깨달음이었지.

어쨌든 그렇게 해서 셋이 여행을 떠났고, 개밥바라기 호수마을에서 다른 호수마을에서 온 두 이야기꾼을 만났는데, 여자 이야기꾼이었어. 우리 마을과는 호수세계의 반대편에 있는 동쪽의 작은 호수마을 두 곳에서 온 '루미'라는 이야기꾼과 '새미'라는 이야기꾼이었어. 두 사람은 우리보다 먼저 그곳에 도착했고, 우리가 도착한 다음날 떠날 계획이었는데, 우리를 만나면서 일정을 연장했지.

루미 이야기꾼과 새미 이야기꾼은 우리 마을과 다우의 마을에 온 적이 없어서 궁금한 게 많았고, 우리 이야기를 많이 듣고 싶어했어. 나와 다우도 두 이야기꾼이 사는 마을에 가본 적이 없어서 마을의 이야기가 많이 궁금했지.

불과 며칠밖에 되지 않는 짧은 시간이었지만, 서로의 마을에 대한 이야기를 주고받으며 우린 아주 친해졌지. 나는 루미 이야기꾼과 마음이 맞는다고 느꼈고, 다우는 새미 이야기꾼과 마음이 맞는 것 같았지. 나와 다우는 다음번 여행에는 반드시 두 이야기꾼이 사는 호수마을에 가보자고 계획을 세우기도 했어.

거만했던 사단이 문제였어. 두 처녀 이야기꾼 앞에서도 자신이 가장 큰 호수마을의 이야기꾼이라고 으스댔는데, 두 사람의 반응이 시큰둥했거든. 사단은 우리 네 사람이 가깝게 어울리는 것을 몹시 못마땅해했어. 두 처녀 이야기꾼에게서 자신이 가장 많은 관심을 받을 줄 알았는데, 두 사람이 관심을 보이지 않자 화가 난 감정을 드러내고는 했지.

며칠을 함께 보내고 마을을 떠나기 전날 밤, 다 함께 개밥바라기 호수에 별을 보러 갔지. 별만 봐야 했는데, 사단이 우리 네 사람에게 배를 타고 호수 한가운데서 별을 보면 좋을 거라고 부추겼지. 계속 채근하는 사단의 이야기를 더는 듣기 싫었던 다우와 새미 이야기꾼은 호수를 산책하겠다고 자리를 떠버렸는데, 나와 루미 이야기꾼은 사단의 채근에 하는 수 없이 배를 타고 호수 한가운데로 갔어. 잔잔한 호수에 비친 별들이 너무 아름다웠지.

그렇게 한참을 별을 구경하며 이야기를 나누고 있는데, 발이 차가워지는 걸 느꼈어. 배의 바닥 한 곳에 구멍이 난 걸 발견했지. 배를 타고 가는 동안은 구멍이 있는 줄 몰랐어. 루미는 정신없이 배에 스며든 물을 밖으로 퍼냈고, 나는 정신없이 노를 저었지. 하지만 얼마 가지 못했어. 구멍이 점점 더 커지면서 물도 점점 더 차올랐고, 결국 우리는 호수에 빠지고 말았지. 도와달라고 소리를 질렀지만, 너무 멀리 떨어져 있어서 다우도 새미도 어떻게 할 수가 없었어.

나와 루미 이야기꾼은 열심히 헤엄을 쳤지만 금방 힘이 빠지고 말았어. 너도 알다시피 호수세계 사람들은 모두 헤엄을 잘 치지만, 우린 너무 멀리 나왔던 거야. 차가운 물이 우리의 힘을 빠르게 앗아갔지. 루미 이야기꾼이 먼저 힘이 빠졌고, 나는 루미 이야기꾼의 손을 잡고 헤엄을 쳤지만, 결국 둘 다 더는 갈 수 없을 정도로 힘이 빠졌어. 그곳에서 루미와 끝까지 함께 있었어야 했는데, 루미가 내 손을 놓아버렸어. 힘이 빠진 자기 때문에 나까지 죽는 걸 바라지 않았기 때문이었지. 어떻게든 구하려고 했지만, 한사코 내 손을 뿌리쳤어. 함께 빠져나가기는 어렵다고 생각한 거야. 루미 이야기꾼의 판단이 옳았는지, 틀렸는지는 지금도 알 수 없어.

우리가 외치는 소리를 듣고 뒤늦게 다른 배를 구해서 타고 온 다우와 새미 이야기꾼의 도움으로 나는 목숨을 구할 수 있었지만, 루미는 끝내 구하지 못했어. 다음날 루미를 찾았고, 마을 사람들의 도움을 받아 장례를 치르고 난 뒤에 개밥바라기 호수 근처의 숲속에 루미를 묻어야 했지.

아주 드물게 이야기꾼들이 다른 마을에서 세상을 떠나는 경우가 있는데, 그런 일이 생기면 그 마을에 묻히게 돼. 그 마을의 이야기가 되었다고 믿기 때문이지. 하지만 죽은 이야기꾼의 마을에서는 그보다 슬픈 일이 없어. 꽃을 바칠 묘지조차도 자기 마을에 없으니까."

"사단 이야기꾼은요? 혹시 사단 이야기꾼이 일부러 그런 거 아니에요?"

"그렇게 말한 사람들이 있었지만, 사단은 마을을 떠난 뒤였지. 우리 네 사람이 따로 시간을 보내고 있어서, 자신은 먼저 마을을 떠났다고 이야기했어. 사단이 배에 구멍을 뚫었다는 증거도 없었어. 배를 미리 살피지 않고 탄 내 잘못이 무엇보다 크지.”

“증거를 찾지 못했어요?”

“가라앉은 배를 건져올렸고, 배에 난 구멍이 그리 오래되지 않았다는 걸 확인했지. 배를 잘 아는 분들이 물에 닿으면 서서히 녹아버리는 뭔가로 구멍을 막아놓았던 것 같다고 말했지만, 누구도 사단이 그러는 걸 보지는 못했으니, 어쩔 수 없었지.”

“사단 이야기꾼은 할아버지께 뭐라고 했어요?”

“나중에 두 얼굴 호수마을에서 만났을 때 유감이라는 말만 했어. 어떻게 배도 살피지 않고 탔느냐고 나를 몰아세웠지. 분노가 치밀어올랐고, 두들겨패고 싶었지만, 증거가 없으니 더는 뭐라고 할말이 없었어.”

“정말 나쁜 사람 같아요!”

“사단은 대단히 오만하지. 그래서 이야기꾼이 가져야 하는 마음을 잃어버린 거야. 하지만 미로야, 사람은 모두 비슷한 거야. 마음에 들어 있는 건 모두가 비슷해. 다만, 그걸 밖으로 내보낼 때 차이가 나는 거야. 마음과 생각을 잘못된 통로를 만들어 내보내게 되면 다른 사람들에게 도움이 되지 않는 이야기를 하게 되는 거지. 사단은 ‘오만함’이라는 길을 만들어서 이야기를 내보내기 때문에 다른 사람들을 다치게 만드는 거야.

이야기꾼은 이야기를 내보내는 길도 잘 만들어야 해. 사람들은 그 길을 잘 구별하지 못해. 사람들이 모두 선한 길과 악한 길을 잘 구별할 수 있다면, 못된 짓을 하는 사람들이 자연히 사라지겠지만, 그건 쉽지 않아."

그날 밤의 잠자리는 편하지 않았다. 이야기꾼이 잠을 이루지 못하고 있다는 걸 미로는 알 수 있었다. 구루 할아버지의 사연을 듣고 미로도 잠을 이루지 못했다.

다음날 아침 두 사람은 개밥바라기 호수마을로 향했다. 구루 이야기꾼은 호수가 가까워지자, 길을 가면서 들국화를 꺾었다. 호수에 도착하자 이야기꾼은 미로를 데리고 호수 한편으로 향했다. 사람들이 자주 찾지 않을 것 같은 조용한 곳의 아주 커다란 떡갈나무 근처에 작은 무덤이 하나 있었다. 이야기꾼은 무덤 앞에 꽃을 놓았다. 미로는 그곳이 루미 이야기꾼의 무덤이라는 걸 알았다. 구루 할아버지는 무덤을 정성스럽게 손보고 한참을 그 앞에 앉아 호수를 바라보았다.

그곳을 떠나 숲길을 따라 마을로 오는 길이었다. 두 처녀가 마을 쪽에서 숲을 향해 오고 있었다. 두 일행이 마주쳤을 때 서로 가볍게 눈인사를 했다. 조금 지나서 할아버지가 이렇게 중얼거렸다.

"이상하군, 이상해. 많이 닮았어……"

"할아버지, 누가 닮았다는 거예요?"

"아니다, 아무것도."

아무것도 아니라고 했지만, 구루 할아버지의 반응은 이상했다. 가던 길을 멈추고 두 처녀가 숲길을 따라 멀어져가는 모습을 한참 동안 바라보았다.

두 사람은 이야기꾼 숙소에 묵지 않고 개밥바라기 호수마을의 이야기꾼 중 구루 이야기꾼과 비슷한 나이의 친구 이야기꾼 집에 묵기로 했다. 마을에 있는 동안 구루 이야기꾼은 호숫가에서 마주친 두 처녀가 다른 마을에서 온 이야기꾼들이라는 사실을 알게 되었다. 두 처녀 이야기꾼이 사는 작은 호수마을들은 가까운 곳에 있어서, 두 마을의 이야기꾼들은 특별히 가까운 사이였다. 전통적으로 여자 이야기꾼이 많이 탄생하는 마을이기도 했다.

구루 이야기꾼은 두 이야기꾼이 어디에서 왔는지 알게 된 순간 망치로 머리를 맞은 것 같은 표정을 지었다. 그러고는 다시 숲에서 했던 말을 중얼거렸다.

"이상하군, 이상해. 너무 닮았어."

미로는 할아버지의 반응이 점점 더 궁금해졌다.

개밥바라기 호수마을에서 보낸 3일째 저녁, 이야기꾼은 미로를 데리고 두 처녀 이야기꾼이 묵고 있는 이야기꾼 숙소로 향했다. 이야기꾼 숙소에서는 두 처녀 이야기꾼의 이야기가 한창 이어지고 있었다. 두 사람은 사람들의 맨 뒤에 앉아 이야기를 들었다. 이야기가 끝나고 마을 사람들이 하나둘 자리를 떴다. 맨 마지막에는 두 사람만 남게 되었다. 그때 구루 할아버지가 두 처녀 이야기꾼 중 한 사람에게 말을 걸었다.

"저기……"

하지만 말을 더 하기도 전에 처녀 이야기꾼이 말을 끊었다.

"어느 마을에서 온 이야기꾼이신지 마을 사람들에게 들었어요. 이모 이야기를 꺼내시려는 거라면 됐어요!"

그러고는 매몰차게 등을 돌려 다른 처녀 이야기꾼의 손을 잡고 방으로 들어가버렸고, 구루 이야기꾼은 처녀 이야기꾼의 말을 듣고 멍하니 서 있었다. 이번에는 세상에서 가장 커다란 망치로 머리를 얻어맞은 표정이었다. 미로는 걱정이 되어 몸이 얼어붙은 것 같은 구루 할아버지의 손을 잡아끌고 숙소로 돌아왔다. 미로의 손에 이끌려 오는 동안 구루 이야기꾼의 귀신을 본 듯한 표정은 도무지 풀릴 줄을 몰랐다.

루미 이야기꾼의 묘지를 찾아가던 길에서 만난 처녀 이야기꾼이 바로 루미 이야기꾼의 조카였던 것이다. 무척 아름다웠다. 조카가 그렇게 아름답다면, 루미 이야기꾼도 무척 아름다웠을 것이다.

그날 밤 구루 이야기꾼은 잠을 자지 못했다. 불이 꺼진 뒤에도 의자에 앉아 창밖을 보며, "내 잘못이야, 내 잘못이야" 하며 탄식했다.

다음날 아침 두 사람은 두 처녀 이야기꾼이 마을을 떠났다는 소식을 들었다. 새벽에 길을 떠났다고 했다. 어느 호수마을로 간다는 이야기도 없이 떠났다고 했다. 두 사람도 그날 개밥바라기 호수마을을 떠났다.

마을을 떠나기 전 두 사람은 루미 이야기꾼의 무덤에 다시 들렀다. 그곳에는 구루 이야기꾼이 놓아둔 꽃이 치워지고 다른 꽃이 놓여 있었다. 구루 이야기꾼은 그 꽃 옆에 가져온 꽃을 함께 놓았다.

14. 소리 호수마을

두 사람은 '꽃들의 숨안개'로 가는 길에 '소리 호수마을'에 들르기로 했다. 미로는 마을을 향해 가는 길에 만난 들판과 숲에서 새로운 풀과 나무들에 대해 배웠다.

곰딸기, 호랑가시나무, 호랑버들, 여우버들, 여우구슬, 괭이밥, 괭이싸리, 괭이신나무, 박쥐나무, 병아리꽃나무, 까마귀머루, 까마귀밥나무, 까마귀베개, 까마귀쪽나무, 까치박달, 까치밥나무 같은 것들이었다. 나무와 풀에 동물들의 이름이 붙어 있었다.

이야기꾼의 설명을 들으며 나무와 풀들도 동물들과 비슷한 성격을 가지고 있는 건 아닐까 하는 생각이 들었다. 동물들의 이름을 나무나 풀에 이유 없이 붙이지는 않았을 것 같았다.

마을과 집에서 보았던 나무들을 떠올려보면, 바로 옆에서 자라면서도 나무들은 둥치의 크기도, 가지의 모양도, 잎의 수도 모두 달랐다. 그것이 모두 나무들의 성격 때문만은 아닐 것 같았다. 뿌리를 내리고 있는 땅의 미세한 차이 때문에 나무들의 살아가는 모습이 달라지는지도 모르겠다는 생각이 들었다. 서로 다른 모습의 호수 근처에 살고 있기 때문에 사람들이 조금씩 다른 것처럼 말이다. 만약 성격이 다른 나무들이 사람들처럼 소리를 낼 수 있다면, 마치 두 얼굴 호수마을처럼 숲이 아주 시끄러울 것 같았다.

"소리 호수는 어떤 호수예요?"

"소리 호수는 아주 작은 호수야. 호수마을들 중에서 가장 비가 적게 오는 초원 지역에 자리하고 있는 호수거든. 그곳은 다른 마을의 20분의 1도 비가 오지 않아. 호수로 들어오는 물줄기가 있는 것도 아니야. 그런데도 이상하게 완전히 마르지는 않지. 가서 보면 알겠지만, 호수라고 부르기에는 어색할 정도로 작은 호수야. 우리 마을의 호수보다도 훨씬 작아."

"비가 그렇게 오지 않는데도 물이 있다면, 혹시 땅에서 솟는 건 아니에요?"

"그런 것 같지는 않아. 물이 솟는 곳을 발견할 수 없거든."

"그럼, 소리 호수란 이름은 왜 붙은 거예요?"

"신기하게도 밤이 되면, 물 흐르는 소리가 들리거든. 그래서 그런 이름이 붙었지."

"밤에는 물이 흐르나요?"

"물소리는 들리지만, 아무리 찾아봐도 물이 흐르는 곳은 발견하지 못했어. 아직도 비밀은 밝혀지지 않았지. 어쨌든 물이 완전히 마르지는 않아서, 물이 부족하기는 하지만 마을 사람들이 아껴가며 살아가고 있어."

호수마을들은 물이 부족하지 않다. 그런데 물이 부족한 호수마을이 있다니! 미로는 마을의 모습이 몹시 궁금해졌다.

소리 호수마을로 가기 위해 산을 넘을 때마다 나무들이 점점 적어졌고, 그나마 발견되는 나무들도 키가 작았다. 나무들 대신에 풀들이 점점 많아졌다. 바람을 타고 오는 공기도 다른 마을들에 비해 메마르게 느껴졌다. 산을 몇 개 더 넘자, 이제 나무 한 그루 보이지 않고 풀들만 가득한 초원이 펼쳐졌다. 푸른 초원은 평평하지 않았고, 군데군데 높은 언덕이 자리하고 있었다. 언덕과 언덕 사이는 아스라할 정도로 떨어져 있었다.

초원에서 잠을 잘 때, 미로는 모래들판에서 보았던 것만큼이나 많은 별들이 보이는 밤하늘을 만났다. 모래들판의 밤하늘에서도 많은 유성들을 보았지만, 지금껏 만난 유성보다도 더 많은 유성들을 하룻밤에 만났다. 별똥별들이 한꺼번에 어디론가 바쁘게 여행을 떠나고 있는 듯 보였다. 미로는 유성을 볼 때마다 소원을 빌었다. 나중에는 더 빌 소원이 없을 만큼 많은 유성들이 밤하늘을 빠르게 지나갔다. 별이 비가 된다는 표현은 그 모습을 보고 탄생했을 것 같았다. 초원에서 잠을 잔 첫째 날은 언제 잠들었는지도 몰랐다. 유성들을 세고 세다가 그냥 잠이 들어버렸던 것이다.

두 사람은 아침 일찍 일어나 다시 초원을 걸었고, 아주 멀리서 양떼가 풀을 뜯고 있는 것을 보았다. 양떼를 보고, 이야기꾼은 이제 마을에 거의 도착한 것 같다고 말했다. 여러 번 왔지만, 다른 호수마을 사람들의 눈에는 초원의 모습이 모두 비슷하게 보여서 양떼가 보여야만 마을이 가까워진 것을 알 수 있다고 했다.

하지만 미로의 눈에는 미로의 마을이나 다른 호수마을에서 보았던 것 같은 집이 한 채도 보이지 않았다. 구루 할아버지가 집이라고 설명해준 곳에는 갈대로 엮은 듯한 천막들이 상당한 거리를 두고 군데군데 자리하고 있을 뿐이었다. 그 숫자도 열 개를 넘지 않았다. 가까운 언덕 너머의 초원에도 천막들이 있겠지만, 그 집들을 모두 합쳐도 20채가 되지 않는다고 했다.

천막들 사이에는 조랑말들과 양들이 돌아다니고 있었다. 아무리 둘러봐도 이야기가 많지 않을 것 같은데, 이야기꾼들이 이 마을을 찾는 이유가 미로는 궁금해졌다.

"할아버지, 이 마을의 집들은 다른 마을의 집들과 많이 달라요. 초라하게 보이기도 해요. 그런데도 이야기꾼들이 이 마을을 찾는 이유가 뭐예요?"

"다른 마을 사람들 눈에는 이 마을의 천막집들이 초라하게 보이겠지만, 이곳에서는 가장 멋진 집이야. 다른 마을들의 집과 그저 다를 뿐인 거야. 우리 마을에서는 숲이 무성해서 나무를 많이 사용해 집을 짓는 거고, 이 마을에서는 나무를 구하기 어렵고, 소리 호수 근처에서 머무는 기간이 길기는 하지만, 자주 옮겨다니며 살기 때문에 양털로 짜고 겉에는 비와 이슬이 흘러내리도록 갈대를 엮은 천막집이 탄생한 거야. 사람들 곁에 있는 오래된 것들은 모두 그럴 만한 이유가 있는 거야.

그리고 아무리 초라해 보여도 사람들이 있는 곳에는 특별한 이야기가 있어. 별것 없어 보이는 이 마을에 이야기꾼들이 찾아오는 이유도 그 때문이지. 이야기가 없을 것 같지만, 다른 마을들만큼이나 많거든. 그것도 아주 특별한 이야기들이지. 그 특별한 이야기들은 소리하고 깊은 관계가 있어. 너 혹시 전에 유리잔에 물을 채우고 소리를 들려준 것 기억나니?"

"기억나요. 아름다운 소리가 들렸잖아요!"

"그렇지. 하지만 평상시에 우리가 유리잔에서 듣는 소리는 다른 소리였잖아. 잔끼리 부딪치거나, 어딘가에 부딪쳐 깨지거나 하는 소리였지. 그건 평소와 다르게 만났기 때문에 그래."

"다르게 만났다고요? 무슨 말인지 잘 모르겠어요."

"하하, 어렵게 생각할 필요 없어. 손바닥과 손바닥이 만나면 소리가 나는 것과 같은 거야. 소리는 무언가가 만나는 거야. 소리가 다른 것은 다른 것들이 만나서 그런 거야. 만나는 방법이 달라지면 또다른 소리가 나지. 유리컵에 물을 담고 흔들면 찰랑거리는 소리가 들리지만, 물이 담긴 유리컵을 손가락으로 문지르면 다른 소리가 들리지. 처마에 매달아놓은 풍경도 기억나지?"

"풍경 소리도 유리잔과 같은 이치예요?"

"비슷하지. 풍경을 만든 재료에 따라서 소리가 다르잖니. 쇠로 만든 것, 구리로 만든 것, 나무로 만든 것 모두 소리가 다르지. 그리고 바람에 따라서 소리는 또 달라지지 않니. 바람이 세거나 약할 때의 소리가 다르지. 이야기꾼들은 이 '소리 호수'에 와서 소리의 이치를 깨닫고는 해. 소리는 이야기를 할 때 아주 중요하거든."

"소리가 그렇게 중요한 거예요?"

"소리는 이야기를 나누는 중요한 방법이거든."

"이야기를 나누는 건 말이잖아요? 말하는 거하고 소리를 내는 게 같은 거예요?"

"말하는 것과 소리를 내는 게 다르다고 생각하는 건 소리를 이해하지 못했기 때문이야. 모든 소리는 말을 하는 거란다."

"너무 어려워요."

"미로야, 내가 말했지? 이야기꾼이 되려면 이야기를 아주 많이 들어야 한다고. 많이 듣다보면, 이해도 조금씩 성장한단다. 가을에 뿌려둔 보리가 싹을 틔우고 겨울을 나는 것처럼 힘들게 조금씩 성장하는 거야. 보리는 겨울을 나지 않으면 알곡을 맺지 않아. 이해도 그런 거야. 고난을 알지 못하고 만들어진 이야기는 이해를 만들 수 없어. 그냥 들은 이야기를 전해주는 걸로는 이야기꾼이 될 수 없지."

두 사람이 이야기를 나누고 있는 사이에, 미로보다 나이가 한두 살 많아 보이는 소년이 양 수십 마리를 호수로 이끌고 와서 물을 먹였다. 미로는 처음 보는 모습이어서 양들이 물을 다 먹고 호수를 떠날 때까지 지켜보았다. 미로네도 집에서 염소를 길렀는데, 여행을 떠나기 한 달 전쯤에 태어난 새끼 염소 두 마리까지 합해 모두 다섯 마리였다. 저녁이 되기 전에 들판에서 염소를 몰고 올 때, 어떤 날은 염소들이 말을 안 들어서 힘이 들었는데 수십 마리를 데리고 다니는 소년이 대단하다는 생각이 들었다.

소리 호수마을은 이야기꾼들이 따로 묵는 숙소가 없고, 소리 호수마을의 이야기꾼 집에서 묵는다고 했다. 마을의 이야기꾼은 오랜만에 마을에 손님이 왔다며 두 사람을 반갑게 맞았다. 소리 호수마을의 이야기꾼도 구루 할아버지의 오랜 친구였다. 미로가 여기저기 살펴보았지만, 두 처녀 이야기꾼은 이곳으로 오지 않은 게 분명했다.

저녁이 되자 마을 사람들 모두가 모여들었다. 모두 모였는데도 미로네 마을의 절반도 되지 않았다. 절반은커녕 모두 합쳐 50명 정도였다. 그래도 그날 저녁 구루 할아버지는 아주 바빴다. 오랜만에 찾아온 이야기꾼에게서 마을 사람들이 듣고 싶은 이야기가 많았던 것이다.

이번에는 미로도 이야기를 하게 되었다. 마을의 아이들이 미로를 둘러싸고 이것저것 물어보았기 때문이다. 낮에 양들에게 물을 먹이던 소년이 이 마을의 이야기꾼 후계자였다. 그 소년이 미로에게 가장 많은 질문을 했다. 벌써 두 번이나 호수마을을 여행했다고 하면서도, 미로의 말을 귀담아들었다. 미로보다 훨씬 더 많은 걸 알고 있으면서도 조금도 그런 티를 내지 않았다. 미로는 자기도 언젠가는 저런 모습을 가지리라 다짐했다. 소년은 헤어지면서 미로에게 이야기꾼이 되기로 결심했다면, 언젠가 같이 여행을 하고 싶다는 얘기를 했다. 미로도 자기가 이야기꾼이 되기로 결심한다면 꼭 그러고 싶다고 대답했다.

다음날 호수를 둘러보는데, 어디선가 아름다운 소리가 들렸다. 새의 울음소리 같기도 했고, 바람소리 같기도 했다.

"저 소리가 무슨 소리예요?"

"저 소리는 노랫소리야. '흐미'라고 부르지. 오랜만에 노래를 들어보고 싶구나."

두 사람은 풀밭에 앉아 양들을 바라보며 한 청년이 부르는 노래를 들었다. 미로는 사람이 어떻게 저런 소리를 낼 수 있는지 신기했다.

"풀밭에 앉아서 '흐미'를 듣고 있으면, 본래 우리에게도 있었던 소리를 우리가 잃어버린 건 아닐까 하는 생각이 들고는 해."

"우리가 잃어버린 소리요?"

"가끔 네 마음속에서 모르는 소리가 들리는 것 같지 않니?"

"그런 거 같아요. 아니, 그래요! 이상한 소리가 들리는 때가 있어요!"

"깊은 잠을 자고 있는 동안에 영혼이 들은 소리인지도 모르고, 엄마 배 속에서 들은 소리인지도 몰라. 사람은 태어나기 전부터 소리를 듣고 있거든. 이 호수가 존재하는 걸 보면 그게 맞을 거야. 이 호수 근처에는 분명 물이 흐르는 계곡도 없고, 이곳에서 다른 어딘가로 물이 흘러가지도 않는데 분명히 소리가 존재하잖아.

어쩌면 이곳은 우리가 잃어버린 소리들이 모여서 사는 호수인지도 몰라. 그래서 소리가 들리는 거지. 이곳은 거대한 엄마 배 속 같은 곳이 아닐까 하는 생각이 들고는 해. 눈에 보이는 것은 그저 작은 호수이고, 호수 주변에는 나무 하나 없이 초원이 끝없이 이어져 있는데, 목동들이 저런 노래를 부르는 것을 보면 그럴지도 몰라. 사람은 자연에서 노래를 배우는 것이거든."

"잘 모르겠어요, 할아버지."

"호수마을들에서 듣는 소리를 이해하게 될 때마다 너도 조금씩 알게 될 거야. 바람이 지나가면서 서로 다른 소리를 내는 것은 다른 곳을 지나오면서 들었던 소리를 전해주는 거라는 걸 말이야."

미로는 구루 할아버지의 이야기가 여전히 어렵기만 했다.

그날 밤 두 사람은 호수에서 들린다는 물 흐르는 소리를 들으러 갔다. 별이 유난히 빛난다고 느껴졌다. 두 사람은 호숫가에 앉아 귀를 기울였다. 정말로 찰랑거리는 소리가 들렸다.

"눈을 감고, 숨을 죽이고 들어봐. 물소리를 이해하기 위해서는 집중해야 해. 빠르게 걷거나 더 높은 곳에 오르려고 숨을 헐떡이게 되면 귓속이 쿵쾅대는 심장소리로 가득차서 다른 소리가 들리지 않잖아. 뭔가를 들으려면 자기 안에서 나는 소리조차 잠들게 해야 돼."

미로는 눈을 감고, 귀를 기울여 물소리를 들었다. 높은 곳에서 낮은 곳으로 흐르는 시냇물 소리가 분명히 들려오고 있었다. 신기했다. 낮에 본 초원은 평평하기만 했는데, 어떻게 그런 소리가 들리는지 알 수 없었다.

"미로야, 나도 늘 저 물소리가 신기해. 별들 사이에서 물이 흘러내리는 건 아닐까 싶기도 하고, 바람이 물을 실어 오는 건 아닐까 싶기도 해. 바람이 별과 이야기를 나누고 물을 선물로 받아다가 이곳에 모아두는 건 아닐까 싶기도 하고."

미로는 아주 작은 호수도, 가장 보잘것없는 호수도, 구루 할아버지의 이야기 속으로 들어가면 가장 신비한 호수가 될 것 같다고 생각했다. 미로는 시냇물 흐르는 소리를 들으면서 이야기꾼이 되고 싶은 마음이 전보다 더 간절해졌다. 이야기꾼이 되면 혹시 엄마가 바람에게 해주었던 이야기를 들을 수 있을지도 모른다는 생각이 들었다.

그날 밤 미로는 엄마를 만나는 꿈을 꾸었다. 미로가 이야기꾼이 되겠다고 하자, 엄마는 환하게 웃으며 미로를 안아주었다.

15. 그리움거울 호수

소리 호수마을을 떠났을 때는 가을로 한참 접어든 뒤였다. 초원 지대의 끝에 있는 마지막 들판에서는 억새들이 바람의 이야기를 들으며 춤을 추고 있었고, 초원을 지나서 만난 숲의 나뭇잎들은 바람에게서 어떤 이야기를 들었는지 얼굴이 아주 조금 붉어져 있었는데, 남들에게 말할 수 없는 아주 비밀스러운 부끄러움을 품게 되었기 때문인지 붉어진 얼굴이 다시 푸르게 돌아올 것 같지 않았다.

소리 호수마을을 떠나 첫 밤을 보낼 곳에서 저녁을 먹으며 구루 할아버지가 앞으로의 여정에 대해 말해주었다.

"미로야, 이제 이번 여행에서 마지막으로 들러볼 호수가 있어. 내가 호수마을들을 여행할 때, 고향으로 돌아가기 전에 마지막으로 꼭 들르는 호수야. 그 호수에 들러 살아갈 힘을 얻고, 도무지 사라지지 않는 마음속 의문에 대한 답을 얻고는 했지. 너에게는 '그리움거울 호수'가 무엇을 보여줄지 궁금하구나."

"저도 빨리 가보고 싶어요. 할아버지가 '꽃들의 숨안개'와 그리움거울 호수를 말씀해주셨을 때부터 지금까지 한 번도 잊은 적이 없어요."

"그랬겠지, 나도 그랬으니까…… 하지만 미로야, 반드시 볼 수 있는 건 아니야. 꽃들의 숨안개와 그리움거울 호수를 보기 위해 네게 더 많은 시간이 필요할지도 몰라."

미로는 그리움거울 호수를 볼 수 없을지도 모른다는 이야기꾼의 말을 듣고 몹시 슬퍼졌다. 그리움거울 호수를 만나지 못한다는 건 엄마를 만나지 못한다는 말이니까.

"이번에 보지 못하면…… 또 올 거예요! 또 오고, 또 올 거예요! 저 혼자서라도 올 거예요!"

그렁그렁해진 눈으로 다부지게 다짐을 하고 있는 미로를 구루 할아버지가 측은한 마음으로 지켜보았다.

"그리움거울 호수 근처에도 사람들이 많이 사나요?"

"호수 근처에는 사람들이 살지 않아. 호수를 감싸고 있는 꽃들의 숨안개 때문이지. 언제나 안개가 끼어 있거든. 한낮이 되어도 안개가 사라지지 않고, 쉽게 길을 허락하지 않지. 모든 이야기꾼이 그리움거울 호수에 들어갈 수 있는 게 아니야. 몇 번을 찾아가도 호수에 가지 못하는 이야기꾼도 있고, 처음 찾아갔는데 꽃들의 숨안개가 호수로 가는 길을 허락하는 경우도 있어. 그리움거울 호수에 갔다 왔다는 이야기꾼들의 이야기도 다 다르고."

"왜 그런 거예요?"

"그리워하는 게 다르기 때문이지. 자신이 그리워하는 건 오직 자신만 볼 수 있어. 함께 그리움거울 호수에 도착해도 다른 이야기꾼이 보는 걸 함께 볼 수는 없지. 그리워한 것이나 그리워한 사람이 같은 경우라면 모르겠지만 말이야."

"사단 이야기꾼도 호수에 왔다 갔을까요?"

"그건 잘 모르겠다. 사단이 자기도 그리움거울 호수에 다녀왔다고 이 마을 저 마을을 돌아다니며 이야기를 했고, 여러 마을 사람들이 내게도 그리움거울 호수에 대해 물어보았어. 그런데 내 이야기를 듣고는 다들 갸우뚱했지. 사단 이야기꾼의 이야기와 너무 다르다고 말이야. 꽃들의 숨안개에 대한 이야기도 너무 다르다고. 어느 마을 사람들은 내가 호수에 가보지도 못했으면서 이야기를 한다고 웅성거리기도 했어. 사단이 그렇게 말했다고 하면서 말이야."

"할아버지는 정말 다녀왔잖아요? 그런데 왜 할아버지가 가보지도 않고 거짓말을 한다는 거예요?"

"사단도 꽃들의 숨안개가 있는 곳에 왔겠지만, 자신이 본 것만이 사실이라고 믿는 것일 수 있지. 사단은 가장 큰 마을의 이야기꾼이기 때문에 늘 자신이 최고라고 자랑하거든. 하지만, 큰 마을의 이야기가 사실이고, 작은 마을의 이야기가 거짓인 건 아니야. 너도 그걸 늘 명심해야 해. 작은 마을의 것이든, 큰 마을의 것이든 이야기에는 아무런 차이가 없는 거야."

"네, 꼭 명심할게요. 그런데 할아버지, 다른 마을 사람들이 할아버지의 이야기가 거짓말이라고 웅성거렸을 때 할아버지는 가만히 있으셨어요?"

"내 이야기가 진짜라고 고집하는 게 무슨 의미가 있겠니. 많은 이야기를 듣다보면, 진짜 이야기와 가짜 이야기가 구별되는 시간이 다가오게 되어 있어. 물론 끝내 구별하지 못하는 사람들이 있기는 하지. 그런 사람들은 불행한 거야. 진정한 이야기를 들을 수 있는 마음을 얻지 못하고 살아가는 거니까. 진짜 이야기를 들을 수 있는 마음을 얻지 못하면 진짜로 사는 게 아니야. 거짓을 진짜처럼 믿고 사는 삶은 결국 거짓 삶이 되고 마는 거야."

"그럼, 거짓을 말하는 이야기꾼은요?"

"거짓 이야기꾼이지. 미로야, 세상에는 거짓 이야기꾼이 언제나 있어. 어쩌면 그 때문에 진짜 이야기꾼이 더 빛이 나는 건지도 몰라. 가만, 그러고 보니, 미로 너, 이야기꾼이 되려는 결심은 단단히 선 거냐?"

"네, 단단히 섰어요."

"네 말을 들으니 나도 한시름 놓겠구나. 누구에게 마을의 이야기를 전수해주어야 하나 걱정이 많았는데⋯⋯ 애린이 이야기꾼이 되겠다고 했다가, 지난번 여행을 다녀온 뒤에 포기하고 말았잖니. 일이 있었지⋯⋯"

애린 형의 이야기가 나온 순간 이야기꾼의 얼굴에 다시 어두운 구름이 몰려들었다.

"하지만 저는 아무리 힘들어도 꼭 이야기꾼이 될 거예요. 듣고 싶은 이야기가 있거든요."

이야기꾼은 미로의 얼굴에서 단단한 결심을 보았다. 미로의 결심이 바뀌지 않으리라는 것도 느꼈다. 이야기꾼은 그런 미로를 대견스럽게 바라보았다.

"그런데 할아버지, 그리움거울 호수가 답을 준다고 하셨잖아요. 아무 질문에나 다 답을 주나요?"

"아무 질문에나 그러는 건 아니지. 좋은 이야기꾼이 되려면, 좋은 질문을 가져야 해. 마음에서 우러나온 진정한 물음이어야 해. 그래야만 꽃들의 숨안개가 길을 열어주거든. 멋지게 보이려고 하는 물음이나, 남을 곤란하게 하려는 물음을 마음에 품고 있는 사람에게는 꽃들의 숨안개가 길을 내주지 않아. 안개 속을 헤매다가 처음 들어온 지점으로 다시 되돌려질 뿐이야. 아무리 들어가려고 해도 빙빙 맴돌 뿐이지."

"할아버지도 그런 적이 있어요?"

"그럼 있지! 하하하! 우쭐대던 젊은 시절에는 여러 번 있었지."

"저도 그러면 어떡해요?"

"왠지 모르지만, 너는 길을 찾을 것 같다."

"할아버지하고 같이 가서 그런 거 아니에요?"

"그건 아니야. 같이 가더라도 떨어지게 되고, 아무리 단단히 손을 맞잡고 가더라도 안개가 손을 놓게 만들거든."

"자꾸 걱정이 돼요."

"걱정만 하지 말고, 함께 가보자."

"길을 잃으면 어떻게 해요?"

"앞이 잘 보이지 않는 짙은 안개 속이라 길을 잃을 것 같지만, 절대 길을 잃지는 않아. 이상하게도 안개가 사람들을 최소한 입구로 되돌아가게는 하거든. 그리움거울 호수로 들어가는 길은 쉽게 허락하지 않지만, 안개 밖으로는 나가게 하는 거야. 참 신기한 안개지. 꽃들이 숨을 쉬면서 만들어낸 안개이기 때문일 수도 있겠지. 혹시라도 우리 둘 중에 누구라도 꽃들의 숨 안개가 길을 열어주지 않으면 놀라지 말고 입구에서 기다리도록 하자."

"네, 알았어요."

두 사람이 그리움거울 호수에 거의 도착했을 무렵, 다른 방향에서 걸어오고 있는 두 사람을 보았다. 개밥바라기 호수마을에서 만난 두 처녀 이야기꾼이었다. 두 처녀 이야기꾼은 미로와 구루 이야기꾼을 보자, 그 자리에서 걸음을 멈추었다. 두 이야기꾼이 뭔가 이야기를 나누었고, 한참을 미로와 구루 이야기꾼을 보며 주저하다가 결국은 다가왔다. 그리움거울 호수로 가는 숲길이 하나뿐이기 때문이었다.

구루 이야기꾼은 두 처녀 이야기꾼을 기다렸다. 두 이야기꾼이 다가오자, 구루 할아버지는 루미 이야기꾼의 조카에게 말을 건넸다.

"잠시 이야기를 나누고 싶소."

"하세요."

"이름이 어찌 되시오?"

"루나예요."

대답은 얼음처럼 차갑게 느껴졌지만, 루나 이야기꾼은 구루 할아버지의 말을 막지는 않았다.

"너무나 미안하오. 루미 이야기꾼의 일은 내게도 아주 큰 슬픔으로 남아 있다오. 루미 이야기꾼 마을에도 큰 미안함을 갖고 살아왔다오. 용서를 빌기 위해 여러 번 마을을 찾아갔지만, 그때마다 마을 입구에서 쫓겨났소. 마을 사람들과 가족들의 슬픔을 생각하면 당연한 일이오. 루미 이야기꾼의 가족들과 마을 사람들에게 사죄의 말을 드리고 싶었다오."

구루 할아버지의 말을 듣고 루나 이야기꾼이 잠시 생각을 하더니 말을 했다.

"루미 이모가 돌아가신 건 제가 태어나기 전이었지만, 마을 사람들이 엄청난 고통을 겪었다는 이야기를 들으며 자랐어요. 마을을 덮었던 슬픔은 아직도 남아 있어요.

이야기꾼님 친구이신 다우 이야기꾼님과 루미 이모의 친구 새미 이야기꾼님이 오셔서 무슨 일이 있었는지 이야기해주셔서, 이야기꾼님이 일부러 그러시지 않았다는 건 마을 사람들도 알고 있었어요. 하지만 그렇다고 원망이 사라질 수는 없었어요. 우리 마을은 이모를 잃은 슬픔과 함께 이야기를 잃는 슬픔도 겪어야 했어요.

루미 이모 말고도 다른 후계자가 있었기 때문에, 마을의 이야기가 사라진 건 아니라고들 하지만, 루미 이모만이 품고 있던 이야기는 사라지고 말았어요. 다른 분이 이야기꾼을 맡으셨지만, 루미 이모만이 품고 있던 이야기들은 아무리 슬퍼해도 다시 돌아오지 않았어요. 이모가 사라진 것처럼 사라져버렸지요.

나중에 루미 이모의 막냇동생이었던 저희 엄마가 제게 루미 이모처럼 이야기꾼이 되라고 하셔서 제가 이야기꾼이 되었어요. 이모의 뒤를 이어 이야기꾼이 된 건 기쁜 일이기도 했지만,

슬픔을 만들기도 했어요. 제가 이모를 많이 닮았기 때문이었어요. 사람들은 이야기꾼이 된 저를 보며 늘 이모를 떠올려야 했고, 슬퍼하고, 그리워해야 했어요."

"정말 미안하오. 40년 가까운 시간을 사죄하는 마음으로 살았다오. 그런다고 마을이 겪은 슬픔과 고통이 사라지지는 않겠지만, 나도 그렇게 슬픔과 고통을 겪으며 살았다오."

"그리움거울 호수에서 이모를 만나셨나요?"

"올 때마다 만난다오."

그 말을 듣고 루나 이야기꾼은 깊은 생각에 잠겼다.

"그렇다면 이모는 이야기꾼님을 원망하시지 않나보군요."

그렇게 구루 이야기꾼과 루나 이야기꾼의 이야기가 이어졌다. 이야기가 이어질수록 루나 이야기꾼의 표정도 처음과는 달리 많이 누그러졌다. 한참 후에 루나 이야기꾼이 미로를 바라보았다.

"너는 이름이 뭐니?"

"미로예요."

"이야기꾼이 되기로 한 거니?"

"네."

"반갑구나. 나중에 우리 마을 근처를 지나게 되면, 꼭 우리 마을에도 왔으면 좋겠구나."

루나 이야기꾼의 말을 들은 구루 이야기꾼의 얼굴에 수선화 같은 미소가 엷게 피어났다. 루나 이야기꾼의 말이 무엇을 의미하는지 이해한 것이었다. 미로도 루나 이야기꾼이 왜 그런 이야기를 했는지 알 것 같았다. 구루 할아버지를 용서했다는 느낌이 들었기 때문이다. 어쩌면 다음 여행에는 구루 할아버지와 함께 갈 수도 있겠다는 생각이 들었다.

"네, 꼭 그럴게요!"

미로는 밝은 미소와 함께 대답했다. 루나 이야기꾼은 함께 온 이야기꾼 친구를 미로와 구루 할아버지에게 소개했다. '베리' 이야기꾼이라고 했다. 예전의 루미 이야기꾼과 새미 이야기꾼처럼 루나 이야기꾼과 베리 이야기꾼은 절친한 친구였다.

미로는, 두 작은 호수마을이 서로 가깝다고는 하지만, 두 마을에서 여자 이야기꾼이 어느 마을보다 많이 탄생하고 서로 친밀하게 지내는 이유가 몹시 궁금했다. 다음번 여행에서는 꼭 궁금증을 풀어보고 싶다는 마음이 간절해졌다.

구루 이야기꾼은 베리 이야기꾼에게 이야기꾼 새미를 알고 있느냐고 물었다. 베리 이야기꾼은 잘 알고 있다고 했다. 베리 이야기꾼은 뭔가를 말하려다가 그만두었다. 미로와 구루 이야기꾼은 궁금증이 생겼지만 물을 수는 없었다. 궁금하다고 모든 것을 물을 수는 없는 법이니까.

이야기를 마친 네 사람은 숲길을 걸어들어갔다. 안개가 점점 짙어졌다. 안개가 짙어지면서 꽃향기도 아주 진해졌다. 들국화와 구절초 향기 같았다. 계절마다 안개의 향기가 달라진다고 들었는데, 가을이기 때문인 것 같았다.

미로는 안개 속에서 풍기는 향기를 맡자, 가을이면 엄마가 식탁 화병에 꽂아두곤 했던 들국화 향기가 생각났다. 미로가 코를 킁킁거리며 향기를 맡고 있으면, 엄마는 바쁘게 저녁 식사를 준비하면서도, 코스모스처럼 환하게 웃으며 미로를 바라보곤 했다. 안개 때문인지 들국화 향기 때문인지 눈가가 촉촉해졌다.

네 사람은 한참을 걸었다. 안개가 몹시 짙어져서 옆에 있는 사람도 보이지 않을 지경이 되었지만, 모두가 함께 있는 것은 느껴졌다. 미로는 구루 할아버지와 루나 이야기꾼과 친구 이야기꾼의 기척을 바로 옆에서 느꼈지만, 여전히 자신은 안개의 길을 통과하지 못할까봐 걱정이 되었다. 미로는 옆으로 손을 뻗어보았다. 구루 할아버지의 옷자락이 만져졌다. 약간은 안심이 되었고, 마음속으로 그리움거울 호수로 가는 길이 열리기를 더욱 간절히 비는 것에 집중했다.

그렇게 한참을 걷고 있는데, 꽃향기들 사이로 다른 향기가 느껴지기 시작했다.

"할아버지, 옆에 계세요?"

"그래, 여기 있단다."

"할아버지, 꽃향기 말고 다른 향기가 느껴져요. 처음 맡아본 향기 같기도 하고, 어디선가 맡아본 향기 같기도 해요."

"미로야, 그 향기는 다른 사람은 맡을 수 없는 향기야. 아마도 꽃들의 숨안개가 너에게 호수로 가는 길을 열어준 거 같다. 나도 길이 열리기 전에 꼭 향기를 맡거든. 그 향기는 다른 사람들은 알지 못하는 향기야. 마음속에 들어 있는 소원과 관련이 있는 향기거든. 향기를 맡았다면 이제 그리움거울 호수에 가까워진 거야."

미로는 구루 할아버지의 이야기를 듣고 아까보다는 마음이 많이 놓였다. 숨을 크게 들이마시며 향기를 다시 맡아보았다. 같은 냄새를 계속 맡으면 코가 둔감해지는 법인데, 참 이상했다. 그 향기는 맡으면 맡을수록 더 선명하게 느껴지고 있었다.

안개가 차츰 열어지고 있었다. 그때, 미로는 꽃향기 사이로 파고든 새로운 향기가 어떤 향기인지 깨달았다. 갑자기 미로의 눈에서 눈물이 왈칵 쏟아졌다.

"할아버지."

"왜 그러니?"

"할아버지…… 향기가요…… 향기가…… 엄마 냄새예요."

이야기꾼은 미로가 울음을 참느라 애를 쓰고 있다는 걸 알았다. 구루 이야기꾼은 미로의 어깨를 안아주었다.

잠시 후 네 사람은 안개가 덮인 지역을 벗어났고, 눈앞에는 호수 주변에 꽃들이 가득 피어 있는 아름다운 호수가 펼쳐졌다.

"향기가 어느 쪽에서 오는 것 같니?"

"저쪽이요!"

"그럼, 향기를 따라서 계속 걸어가봐."

미로는 구루 할아버지가 일러준 대로 향기를 따라 걸어갔다. 향기가 마치 오로라처럼 눈에 보이는 것 같았다. 걸어갈수록 꽃향기 속에 스며들었던 향기가, 엄마 냄새가 점점 짙어졌다.

조금 더 걸어가자, 잔잔하게 일렁이는 호수 옆에 커다란 바위가 하나 보였고, 그리고 그 바위 앞에 누군가 서 있는 것이 보였다. 다가갈수록 그 모습이 엄마라는 걸 알았다. 아주 선명한 모습은 아니었지만, 분명히 엄마였다. 미로는 미친듯이 달려갔다. 분명했다. 그곳에서 엄마가 환하게 웃으며 두 팔을 벌리고 미로를 기다리고 있었다.

미로는 엄마의 품에 안겨 울었다. 미로는 많은 말을 정신없이 쏟아냈고, 엄마는 말없이 미소를 지으며 미로의 말을 들어주었다. 그렇게 한참의 시간이 흐르고 미로는 엄마와 함께하는 이 시간이 영원할 수 없다는 걸 깨달았다. 엄마의 얼굴에 미소와 함께 미로를 측은하게 바라보는 슬픈 빛이 있었기 때문이었다. 하지만 슬픔만 있는 건 아니었다. 엄마는 미로에게 눈으로 이렇게 말하고 있었다. '엄마는 언제나 이곳에서 기다리

고 있어.'

미로는 엄마가 눈으로 전하는 말을 들으면서도 엄마와 떨어지기 싫었다. 영원히 함께 있고 싶었다. 엄마는 또다른 눈말을 미로에게 해주었다. '이야기꾼은 슬픔과 헤어짐을 누구보다 잘 견뎌야 해. 그리고 아빠가 기다리고 있잖아.' 엄마의 눈말에 끄덕임으로 답하며, 미로는 슬픔이 전율처럼 온몸으로 퍼져가는 걸 느꼈다. 구루 할아버지와 헤어졌던 곳으로 돌아오는 내내 뒤를 돌아보고 또 돌아보는 미로에게 엄마는 손을 흔들었다.

구루 이야기꾼과 루나 이야기꾼은 또다른 바위 앞에서 같은 사람을 만났다. 루미 이야기꾼이 두 사람을 기다리고 있었다. 루미 이야기꾼은 구루 이야기꾼과 조카 루나의 손을 함께 잡아주었다. 구루 이야기꾼은 40년 가까이 마음속에 갇혀 있던 검은 구름 하나가 사라지는 걸 느꼈다. 이야기꾼과 루미 이야기꾼, 루나 이야기꾼 세 사람 모두 입으로는 단 한 마디도 하지 않았지만, 눈으로는 아주 많은 이야기를 나누었다.

네 사람 모두 그리워하던 사람을 호수에서 만났다. 베리 이야기꾼은 누구를 만났는지 이야기하지 않았다. 이상하기도 하고 궁금하기도 했지만 물을 수 없었다. 비밀은 품고 있는 사람이, 마침내 때가 되었다는 마음이 들었을 때 열어주어야만 품고 있었던 시간을 빛나게 하는 것이니까.

네 사람은 호수를 떠나 꽃들의 숨안개를 다시 지나 숲 밖으로 나왔다. 그곳에서 두 일행은 작별의 인사를 나누었다. 서로를 바라보는 애잔함이 헤어지는 발길에 가득했다. 두 일행이 서로 멀어지는 동안에도 꽃들의 숨안개가 흘려보낸 향기가 오래오래 두 일행을 따라갔다.

16. 소금기억 호수

여행을 떠나온 지도 벌써 두 달이 넘어가고 있었다. 마을로 돌아가는 데에도 많은 시간이 걸릴 것이니, 돌아가면 가을도 지나고 초겨울이 되어 있을지도 모른다. 고향 마을로 돌아가는 길에 이야기꾼과 미로는 작은 호수마을들조차 거의 들르지 않고 숲과 들판에서 주로 야영을 했다.

간혹 음식이 떨어지고, 들과 숲에서 음식을 구할 수 없을 때만 작은 호수마을의 이야기꾼 집에 들러 음식을 선물로 받고는 했다. 어느 마을이든 두 사람을 반갑게 맞이했다. 몹시 지쳤을 때는 작은 호수마을에서 하룻밤 정도 묵기도 했다. 그리고 어김없이 마을을 떠날 때는 배낭 가득 음식을 선물로 받았다.

돌아가는 길은 왔던 길과 많이 달랐다. 멀리 높고 긴 산줄기가 보이는 곳에서 길이 이어졌다. 숲도 더 넓고 깊었다. 전나무, 가문비나무, 자작나무가 많았다. 밤이면 자작나무가 달빛을 사방에 나누어주어 어둡지 않았다. 너도밤나무도 있었다. 미로는 전에 구루 이야기꾼에게 했던 밤나무, 나도밤나무, 너도밤나무 이야기를 떠올리며 미소를 짓기도 했다.

"여기도 너도밤나무가 있어요, 할아버지."

"그렇구나! 저 작은 너도밤나무가 몇 살쯤으로 보이니?"

"저 정도 크기면, 열 살쯤 되었을까요?"

"우리 마을의 느티나무나 은행나무를 생각하면 열 살쯤 되었을 수도 있지. 하지만 저 나무는 50살도 넘었어."

"50살이요? 느티나무하고 은행나무가 50살이면 상당히 큰데, 저렇게 작은 나무가 50살이라고요?"

"모든 나무가 똑같은 방식으로 자라지는 않아. 나무마다 다르게 자라지. 같은 종류의 나무라도 살고 있는 곳에 따라 다르게 자라기도 하고. 이 숲에 사는 너도밤나무는 크기는 작지만, 엄청난 시간이 그 속에 가득 들어 있어. 그 시간으로 나무를 이해해야 해."

"신기해요. 나무의 나이를 알려면 많은 이야기를 들어야 할 거 같아요."

"그렇지. 많은 나무들의 이야기를 다 들어보아야 너도밤나무의 시간을 이해할 수 있는 거야."

"마을의 이야기도 그런 거예요?"

"그렇지. 마을의 이야기도 나무들만큼이나 서로 다른 시간에서 자란 거야. 서로 다른 시간들을 이해하기 위해서는, 마을에 살고 있는 사람들에 대한 이야기뿐만 아니라 마을에 사는 나무들의 이야기, 새들의 이야기, 꽃들의 이야기…… 그것뿐이겠니. 세상 모든 이야기를 들어야 하지. 듣는 것에서 그치지 않고 이해해야 해. 그리고 늘 명심해야 해. 이야기꾼은 서로 다른 크기의 나무들이 서로 다른 시간에서 자라는 것처럼, 이야기도 서로 다르게 만들어진다는 걸 늘 생각하고 있어야 해. 그렇다고 비교를 하라는 건 아니야. 어렵지?"

"예…… 어려워요."

"하하하. 이야기는 호수나 숲처럼 공간에서 나오는 것이기도 하고, 여름이나 가을처럼 다른 시간에서 나오는 것이기도 해서 그래. 시간이 흐르면서 너도 조금씩 더 이해하게 될 거야."

이야기꾼의 이야기를 들으며 미로는 고개를 끄덕였다. 하지만 미로의 얼굴에는 그리움거울 호수를 떠난 뒤부터 아주 작은 그늘이 드리워져 있었다. 이야기꾼도 미로의 표정에서 그걸 읽었지만, 내색은 하지 않았다.

숲길을 걸으며 고향으로 가는 여행을 계속하던 어느 날 미로가 마침내 품고 있던 궁금증의 문을 열었다.

"할아버지, 그리움거울 호수에서 만난 엄마 모습이 선명하지 않았어요. 분명히 엄마였는데, 약간 흐릿한 모습이었어요. 무엇 때문이에요? 그리움거울 호수에서는 그런 모습으로만 사랑하는 사람을 만날 수 있어요? 대체 왜 그런 거예요? 꽃들의 숨안개 때문이에요?"

"그랬구나…… 꽃들의 숨안개 때문은 아니야. 모든 이야기꾼이 사랑하는 사람을 흐릿하게만 볼 수 있는 건 아니야. 흐릿한 것에도 차이가 있지. 많이 흐릿하게 만나는 이야기꾼도 있고, 약간만 흐릿하게 만나는 이야기꾼도 있어. 아주 드물지만 어떤 이야기꾼은 그리운 사람들을 아주 선명하게 만나기도 했어. '지혜 시간' 숙소 팻말에 그려져 있는 그 이야기꾼님이 선명하게 만나셨다고 했어. 내가 아는 유일한 분이지."

"그 이야기꾼 할아버지는 어떻게 보셨대요? 그분은 특별한 능력이 있으셨던 거예요?"

"특별한 능력을 타고나야 하는 건 아니야. 이야기의 기억을 누구보다 소중하게 생각하셨고, 단 하나도 소홀히 대하지 않으셨기 때문일 거야."

"꽃들의 숨안개 때문이 아니고 기억 때문이라는 거예요?"

"그래 맞아. 바로 기억 때문이지. 누구보다 기억을 소중히 하는 이야기꾼들에게만 허락된다는 '소금기억 호수'를 다녀오셨던 덕분이기도 할 거야."

"소금기억 호수요? 처음 들어요. 할아버지도 한 번도 말씀 안 해주셨잖아요."

"사실은 나도 소금기억 호수에는 가보지 못했거든. 안타깝지만, 나에게도 허락되지 않은 호수야."

"소금기억 호수는 어떤 호수예요? 누구에게 허락되는 거예요?"

"너, 혹시 엄마에 대한 기억이 모두 선명하게 살아 있니?"

"아니요. 엄마에 대한 걸 모두 기억하려고 하지만, 자꾸 하나씩 사라지는 거 같아요. 그래서 너무 슬퍼요. 엄마가 서운해하실 거예요."

대답을 하는 미로의 눈가에 눈물이 맺히기 시작했다.

"기억이 사라지는 건 이야기가 사라지는 것이어서 슬픈 일이지. 어떤 사람들은 더이상 슬프지 않기 위해서 기억이 사라지길 빌기도 해. 그런데 기억은 그냥 사라지는 게 아니야. 소금기억 호수에 가본 적이 있는 그 이야기꾼께서는, 사람의 기억 속에서 사라진 이야기들은 모두 소금기억 호수에 쌓인다고 말씀하셨어."

"잘 상상이 안 돼요. 물이 가득한 호수에 어떻게 기억이 쌓인다는 거예요. 기억이 그렇게 쌓일 수 있는 거예요?"

"나도 상상은 잘 안 돼. 그분 말씀이 소금기억 호수는 물로 이루어진 호수가 아니라고 했어. 물 대신 기억들이 찰랑거린대. 이야기들이 쌓여서 만들어진 호수인 거지. 저멀리 보이는 산맥의 가장 높은 곳에 있다고 알려져 있어. 모두 지혜로운 이야기꾼님에게서 들은 이야기야."

"그럼, 기억 호수라고 부르지, 왜 소금기억 호수라고 부르는 거예요?"

"그 호수에 쌓인 기억들은 영원히 변하지 않으니까."

"아…… 그런데 어떻게 그렇게 높은 곳에 생긴 거예요?"

"사람들의 기억은 가볍거든. 잔에 담기면 잔 모양이 되고, 책에 담기면 책 모양이 되고, 꽃에 담기면 꽃향기를 품게 되고, 음식에 담기면 음식맛을 갖게 되지. 기억은 상처를 입기도 하고, 썩기도 하지. 온전한 기억은 어느 하나 발견하기 어렵지. 사람들은 그래서 기억을 자꾸 버리게 돼. 온전한 기억만 갖고 싶어하고, 아름답고 향기 나는 기억만 갖고 싶어하지. 그러면 기억은 자꾸 사라지게 돼. 하지만 우리가 사라졌다고 생각하는 기억들은 사라지는 게 아니야."

"그 기억들이 소금기억 호수에 모인다는 거예요?"

"바로 그렇지. 그곳에서는 기억이 영원히 썩지 않고 저장되어 있다는 거지. 기억을 만든 이가 영원히 찾아오지 않더라도 그곳에 남아 있다는 거야."

"엄마가 흐릿하게 보이는 게 제가 엄마에 대한 기억을 잃어가기 때문이에요?"

"내 생각에는 그런 거 같다. 소금기억 호수에 있는 엄마에 대한 기억을 만난다면, 엄마의 모습이 선명하게 보일 수도 있겠지."

"소금기억 호수에 가서 잃어버린 기억들을 모두 만나고 싶어요. 그러면 엄마를 더 선명하게 만날 수 있잖아요."

"미로야, 이야기들을 소중하게 기억하는 힘든 시간을 보내야만 소금기억 호수에 갈 수 있단다. 나도 그곳에 가보지 못한 건 그만큼 힘들기 때문이야."

이야기꾼의 말을 듣고 미로는 깊은 생각에 잠겼다. 수많은 이야기꾼들 누구도 가보지 못한 소금기억 호수를 상상으로도 떠올리기가 힘들었다. 살아 있는 어느 이야기꾼도 가보지 못한 호수를 어떻게 상상해야 할지 몰랐다. 하지만 엄마와의 기억 중에 잃어버린 기억이 모두 그곳에 저장되어 있다는 얘기가 소금기억 호수를 계속해서 상상하게 만들었다.

"지혜로운 이야기꾼님은 호수세계가 아주 다르게 보였을 거 같아요. 기억을 모두 보셨다고 했잖아요."

"하하, 잘 모르겠다. 그분이 해주신 이야기가 있거든. 나도 궁금해서 소금기억 호수 이야기를 들으면서 여쭤보았지. 그곳에서 본 모든 기억을 다 기억하실 수 있느냐고 말이야."

"뭐라고 하셨어요?"

"소금기억 호수에 오래 머물면 무수한 기억을 만날 수 있겠지만 한 사람이 기억할 수 있는 것은 정해져 있다고 하셨어. 그래서 기억을 바르게 갖는 게 중요하다고 하셨지. 마을들을 여행하면서 듣게 되는 이야기도 그렇게 대해야 한다고 하셨어. 바른 기억들과 이야기를 다른 사람들에게 전해주어야 한다고 말이야. 물론 그러기 위해서는 어떤 기억이 바른 기억이고, 어떤 이야기가 바른 이야기인지를 가릴 줄 알아야 하겠지."

이야기를 나누고 있는 사이에 밤이 다가왔다. 별들이 조금씩 밝아지고 있었다. 두 사람은 한참 동안 말없이 별을 바라보았다. 그러다 미로가 들릴 듯 말 듯 말했다. 자신에게만 한 이야기인지도 모른다.

"가겠어요. 그곳에…… 소금기억 호수에……"

이야기꾼은 멀리 보이는 험준한 산줄기를 바라보며 혼잣말처럼 낮게 말하고 있는 미로를 말없이 지켜보았다. 미로는 한참을 소금기억 호수가 있다는 높은 산줄기를 바라보았다. 어둠 때문에 흐릿했지만 웅장한 모습이었다. 이야기꾼은 그런 미로를 바라보다가 뭔가를 말하려 했다. 하지만 그만두고 말았다.

"꼭 지금이 아니라도 되겠지…… 지금이 아니라도……"

"예? 뭐라고 그러셨어요?"

"아니다. 그냥 혼잣말이었어. 이제 쉬자. 내일 다시 걸어야 하니까."

"그런데 할아버지, 왜 애린 형은 이야기꾼이 되려다가 그만두었어요? 마을에는 이야기꾼이 여러 명 있어야 하잖아요?"

"이런……"

"왜요?"

"너는 눈치가 빠른 건 아닌 듯한데, 내가 언젠가는 해주고 싶었던 이야기를 꺼내게 만드는 재주가 있구나."

"무슨 말씀이세요?"

"잠시 애린이 생각났고, 그 얘기를 해주어야 하나 말아야 하나 주저하고 있었거든."

"애린 형이 이야기꾼이 되려다가 그만둔 이야기요?"

"그래. 여러 번 이야기했지만, 이야기꾼이 되는 건 쉽지 않거든."

"애린 형은 그럴 자격이 없었나요."

"아니야. 처음부터 그런 자격을 갖고 태어나는 사람은 없어. 애린이 이야기꾼이 되었다면 누구보다 훌륭한 이야기꾼이 되었을 거다. 그런데 그만두고 만 거야."

"그럼 다시 이야기꾼이 될 수도 있잖아요?"

"그렇지. 그래서 지금 기다리는 중이야. 본인은 모르겠지만, 애린은 자신이 이야기꾼이 될 수 있는 시간을 기다리는 중이고, 나는 애린이 다시 이야기꾼이 되겠다는 결심을 굳히는 걸

기다리는 중이지."

"애린 형과 함께 후계자가 되었으면 좋겠는데…… 이유를 제가 들으면 안 되는 거예요?"

"안 될 건 없지만, 너는 아직 이해 못해. 사랑 때문이거든. 그것도 이야기꾼 사이의 사랑 때문이야. 그 사랑은 보통 사람의 사랑보다도 아주 힘든 길을 지나야 하거든. 너는 아직 어리니 그 정도만 하자. 지금 너에게 모든 걸 설명하기는 어려워. 어떤 이야기는 들을 때가 무르익어야 하는 법이거든. 설익은 채로 이야기를 듣게 되면 탈이 나. 애린에 대한 이야기는 네가 좀 더 커야만 이해할 수 있을 것 같다. 나중에 이야기를 해주마.

어쨌든 애린은 심성이 여린 면이 있어. 여리다기보다는 사람들이 상처를 입는 걸 지켜보기 힘들어하지. 하지만 이야기꾼은 그걸 견뎌내야만 해. 너에게도 그런 위기가 올지 몰라. 그건 용기와 의지만으로 되는 게 아니야. 사랑과 이해를 조화롭게 만들어야 하는 거야. 애린은 지금 그 과정에 있는 거고."

미로는 고개를 끄덕였지만, 애린 형이 어떤 고민을 하고 있는지는 알 수 없었다. 수미 후계자 때문일까? 모르겠다. 구루 할아버지 이야기처럼 더 자라야 할 것이다.

두 사람은 잠자리를 준비했다. 아침이면 다시 길을 나서야 한다. 길을 서둘러야 한다. 바람의 차가운 기운이 더 세졌고, 고향으로 돌아갈 길이 아직 많이 남았다. 두 사람은 그렇다고 결코 서두르지는 않을 것이다. 많은 이야기를 놓치게 될지 모르니까.

17. 순록 호수마을

그리움거울 호수마을과 소금기억 호수는 호수세계의 동북쪽에 위치해 있어서 서쪽에 있는 미로네 호수마을로 가기 위해서는 북쪽 지역에 있는 호수마을들 사이를 거쳐 서쪽으로 가야 했다.

이야기꾼은 어차피 지나가는 길이니 '자작나무숲 호수마을'에 들러 음식을 좀 얻고, '순록 호수마을'에도 들렀다 가겠다고 했다. 두 마을 모두 이야기꾼들 사이에서 큰 호수마을로 불리지만, 사람이 아주 적게 사는 마을들이라고 했다.

"순록 호수마을은 마을이라고 할 수도 없어. 순록 호수마을에는 항상 사람이 살지는 않거든."

"사람이 항상 살지 않는데, 어떻게 큰 호수마을이라는 거예요?"

"1년에 딱 한 계절만 순록 호수에 머물지만, 특별하니까 큰 호수마을로 불리는 거야. 그 마을 사람들은 순록을 따라다니는데, 순록들이 호수에 머무는 동안 순록의 새끼들이 태어나지. 지금쯤 태어난 어린 순록들이 한창 자라고 있을 거야."

"그럼 그 마을 사람들은 여기저기 돌아다니는 거예요?"

"북쪽 끝 지역을 돌아다니기는 하지만, 아무데나 다니는 건 아니야. 순록들을 따라다니며 순록들에게서 젖을 얻어야 하거든. 순록들도 아무데나 다니지 않고 정해진 길을 여행하는 거야. 순록과 사람들이 함께 정해진 길을 여행하는 셈이지."

"그럼, 마을에서 그냥 기다리다가 순록들이 돌아오면 젖을 얻으면 되잖아요?"

"그럼 낯설어지지. 순록들은 낯선 사람들에게 자기 새끼들에게 먹일 젖을 나눠주지 않아. 젖을 얻기 위해서는 순록들과 함께 여행을 하며 순록들과 친해져야 해."

"그럼, 순록 호수마을 사람들은 만나기 어렵겠네요."

"한 계절만 호수 근처에서 지내다 가니까 어렵기는 하지만, 운이 좋으면 만날 수도 있겠지."

"그 마을 이야기꾼도 만난 적이 있어요?"

"여러 번 만났지. 그런데 특이하게, 그 마을 이야기꾼은 다른 마을들을 여행하는 경우가 아주 드물어."

"왜 자주 여행을 다니지 않는 거예요?"

"사실 그 마을은 다른 마을들처럼 이야기꾼이 정해져 있지를 않아. 가장 나이가 많은 사람이 이야기꾼 역할을 하고 있을 뿐이야. 사람들 수도 적은데다가 항상 순록을 따라다니며 여행을 하기 때문에 모두가 이야기꾼 같기도 해."

"순록을 따라다니는 것 말고는 특별한 게 없는 것 같은데, 어째서 이야기꾼들이 큰 호수마을이라고 하는 건지 잘 모르겠어요."

"순록을 따라다니며 이야기가 만들어지기 때문에 특별한 거야. 다른 마을 사람들은 한곳에 살면서 이야기를 만들고, 대부분의 이야기가 사람들 속에서 만들어지는 거야. 호수나 바오밥나무, 자작나무처럼 함께 살아가는 것들 속에서도 이야기가 만들어지지만, 거의 대부분의 이야기들 속에서 사람들이 이야기의 둥치를 차지하고 있어.

하지만 순록 호수마을의 이야기는 순록이 모든 이야기를 이끌고 있어. 순록이 이야기의 주인인 셈이지. 그게 다른 마을의 이야기에서 발견하기 어려운 거야. 우리도 함께 사는 다른 생명들의 이야기를 담아야 하겠지만, 그 방법을 잘 모르거든. 순록 호수마을 사람들은 그걸 아주 잘 알고 있어. 그래서 이야기꾼들이 순록 호수마을의 이야기를 듣고 싶어하는 거야."

미로는 집에서 기르는 염소를 떠올렸다. 그 염소들도 미로

가족에게 젖을 주고 있다. 마을의 다른 가족들도 염소들에게서 젖을 얻는다. 하지만 마을의 이야기에 염소들이 주인공처럼 등장한 적은 없었다. 가끔 누구네 염소의 아빠가 누구네 염소이고, 그 염소의 아빠는 누구네 염소였다는 이야기를 나누고는 했지만, 그게 전부였다.

"마을로 돌아가면 염소를 따라다녀야 하는 거예요?"

"하하하. 따라다니다보면 염소의 이야기를 알 수 있겠지. 하지만 순록의 길은 염소의 길과는 달라. 염소는 늘 사람들과 함께 있고, 사람을 따라다니는 경우가 많지. 하지만 순록들은 사람을 따라다니지 않아. 자신들의 길을 가는 거야. 사람은 신경쓰지도 않고 자신들의 이야기를 하는 거지. 순록이 이야기꾼이고, 사람들은 이야기를 듣는 마을 사람인지도 몰라. 그렇다고 순록 호수마을 사람들이 듣기만 하는 존재는 아니야. 사람들은 순록을 따라다니면서 순록의 이야기를 듣고, 그 이야기를 자기들의 이야기로 만들거든. 그건 결코 가벼운 능력이 아니야."

"순록 호수마을에서 순록들하고 마을 사람들을 만나보고 싶어요."

"그럼 서두르자. 곧 순록들과 마을 사람들이 호수를 떠나는 철이 돌아오니까."

두 사람은 걸음을 서둘렀다. 음식이 부족해져서 자작나무숲 호수마을에 들렀는데, 오랜만에 찾아왔으니 이야기를 들려달라고 해서, 하루를 묵게 되었다. 그런데 그날 저녁 첫눈이 왔다. 미로네 마을은 겨울이 되어도 눈이 잘 오지 않아서 하얗게 눈 덮인 세상이 신비하게 느껴졌다. 자작나무숲 마을 사람들은 올해는 눈이 이르게 내렸다고 했다.

눈이 내린 모습은 멋졌지만, 자작나무숲을 떠나 고향으로 돌아가는 두 사람의 일정을 느리게 만들었다. 두 사람이 순록 호수에 도착했을 때, 순록 호수에는 순록들도 마을 사람들도 보이지 않았다. 순록 호수마을에는 자작나무숲 호수마을보다 더 일찍 눈이 내렸는지, 쌓인 눈이 굳어져 있었는데, 그 눈 위로 순록들과 마을 사람들의 썰매가 남긴 자국이 아스라하게 이어져 있었다.

두 사람은 안타까운 마음에 아스라한 길을 오래 바라보았지만, 길을 서둘러야 했다. 북쪽은 겨울이 일찍 몰려오는 곳이었으니까.

18. 고향 호수

그리움거울 호수를 떠나, 북쪽의 호수마을들을 거쳐 20일 넘게 여행을 한 두 사람은 가을도 깊어질 대로 깊어진 때에 다우 할아버지의 마을에 도착했다. 두 이야기꾼은 오랜 시간 반갑게 이야기를 나누었다. 구루 이야기꾼은 루미 이야기꾼의 조카 루나를 만난 일, 그리움거울 호수에서의 일을 이야기했다.

구루 이야기꾼의 이야기를 듣고 다우 이야기꾼은 잠시 주저하다가 말을 꺼냈다.

"자네가 보지 못한 그림이 있어. 오랫동안 간직해온 그림이지. 하지만 자네에게 그 그림만은 보여줄 용기가 생기질 않았어."

"어떤 그림인데 그러는가? 설마 나를 그린 건 아니지?"

"하하, 그건 아니네. 오늘 자네 이야기를 듣고 이제는 자네에게 보여주어도 되겠다는 생각이 들었네. 아무래도 직접 보는 게 낫겠지."

다우 이야기꾼은 잠시 자리를 떴다가 천으로 정성스럽게 싼 그림을 하나 가지고 나왔다. 천을 풀어내자 젊은 처녀가 그려진 그림이 나타났다. 바로 루미 이야기꾼의 모습이었다. 루나 이야기꾼과 정말 많이 닮은 얼굴이었다. 그림을 바라보던 구루 이야기꾼의 눈에서 가을 이슬 같은 눈물이 흘렀다.

"고맙네, 다우, 정말 고마워. 예전 그 모습 그대로군."

"그 사건을 겪었던 여행에서 돌아와 그린 그림이지만, 자네에게 보여줄 수는 없었어. 자네의 고통을 더 크게 할 것 같았지. 오랫동안 주인을 찾아주지 못하고 내가 간직했는데, 이제는 주인에게 그림을 줄 때가 된 것 같군."

"고맙네, 정말 고마워! 이 세상 무엇보다도 귀한 선물이네."

구루 이야기꾼은 말문이 막혀 더 말을 잇지 못했다.

다우 이야기꾼 마을에서 며칠 동안 묵으면서, 미로는 다루와 이야기를 나눌 수 있었다. 호수마을을 여행하며 본 것들을 말해주었다. 호수마을을 여행해보지 못한 다루는 언니 이야기보다 더 재미있다며, 미로의 이야기를 좋아했다. 다루가 이야기를 자세히 들으려고 바짝 다가서면 미로는 가슴이 마구 뛰었다.

구루 이야기꾼과 미로는 다우 이야기꾼 집에서 그렇게 며칠을 묵은 뒤에 고향 호수마을을 향해 출발했다. 여행을 떠났을 때보다 발걸음이 빨라졌다.

사흘째 날, 두 사람이 이야기꾼의 집이 보이는 언덕에 도착했을 때는 이제 막 태양이 서쪽 산을 넘어가며 붉은 융단으로 고향 마을을 덮는 중이었다. 높은 언덕에서 고향 마을을 본 미로는 호수뿐만이 아니라 마을까지도 호수 같다는 생각을 했다.

"할아버지! 오늘은 마을도 호수처럼 보여요. 붉은 호수 같은데, 불에 타는 거 같지는 않고, 부끄러울 때 볼을 물들이는 그런 붉은빛 같아요."

"그렇구나. 나도 고향에 돌아오는 시간이 지금쯤이었을 때 그런 생각을 했어. 여러 번이었지. 그때마다 느낌은 좀 달랐는데. 어떤 때는 부끄러운 볼 같은 색이었고, 어떤 때는 불타고 있는 것처럼 느낀 적도 있었지. 아마도 마음 때문이었을 거야. 너도 앞으로 이 자리에서 여러 번 고향을 바라보게 될 거야. 그때마다 다르게 느끼게 되겠지……"

미로는 이야기꾼이 하는 말을 끝까지 듣지 못했다. 집으로 앞서 달려간 마음이 귀를 가져가버린 것처럼.

"우선 집에 짐을 좀 벗어놓고 마을로 함께 내려가자."

이야기꾼이 오랫동안 비워두었던 집에 들어서서 불을 밝혔다. 석 달 동안 비웠는데도 집이 아주 깨끗했다. 누군가 계속해서 살고 있고, 아주 잠시 외출한 듯한 느낌이었다. 벽난로에 장작을 넣고 불만 지피면, 금방 음식이 데워지고 밥상이 차려질 것 같았다. 두 사람은 깨끗한 집안을 잠시 서서 바라보았다.

이야기꾼의 짐을 벗어놓고 두 사람은 마을 길을 마음에 다시 새기기라도 하는 것처럼 여기저기 둘러보며 걸어내려갔다. 그사이 마을에는 여기저기서 불빛이 밝혀지고 있었다. 집집의 굴뚝마다에서 저녁밥 짓는 연기도 피어오르고 있었다. 연기는 산으로 퍼져갔고, 붉은 기운도 점점 포근한 저녁 속으로 옅어져갔다. 집집마다 켜진 불빛들이 퍼져가는 어둠 속에서 자기 자리를 찾아내서인지 오히려 마을이 점점 더 밝게 느껴지기 시작했다.

골목은 아직도 집에 돌아가지 않고 놀고 있는 아이들의 목소리로 가득차 있었다. '밥 먹게 들어와!' 하는 소리에 아이들이 하나둘 후다닥거리며 흩어지는 소리가 뒤따라 들려왔다.

마침 집에 돌아가던 촌장을 만났다. 두 사람을 본 촌장은 반갑게 달려와 이야기꾼의 손을 맞잡았고, 뒤이어 미로를 끌어안았다.

"긴 여행에 고생하셨습니다. 어디 다치신 곳은 없나요? 미로 너는 어디 아픈 데 없니? 그사이에 더 자란 거 같구나! 마을은 아무 일 없었습니다. 미로 아빠도 잘 지내고 있었습니다. 가을걷이도 잘 끝났단다, 미로야."

촌장은 반가움 마음에 두 사람의 대답도 듣지 않고 이 얘기 저 얘기를 순서 없이 마구 쏟아냈다.

"아이쿠, 이렇게 붙잡고 있을 일이 아니지. 미로야, 어서 집에 가보거라. 아빠가 깜짝 놀라겠구나! 이야기꾼님, 오늘은 푹 쉬시고 내일이라도 내려오셔서 다녀온 이야기 좀 들려주세요. 모두들 눈이 빠지게 기다리고 있었습니다!"

미로네 집으로 향하는 두 사람을 보며 촌장은 오래 손을 흔들었다. 집에 가까워졌을 때, 미로는 잠시 심호흡을 했다. 문밖에 도착하자 어떤 소리가 들려왔다. 미로의 아빠가 누군가와 이야기를 하는 소리였다. 잠시 이어지다가는 끊어지고, 다시 잠시 이어지다가 끊어졌다. 아무도 없는데 아빠 혼자 이야기를 하고 있다고 생각하니, 미로는 왈칵 눈물이 났다. 전에는 아빠가 이야기를 하면 엄마와 미로가 차를 마시며 그 이야기를 듣고는 했다. 이야기가 저렇게 자주 끊어지지는 않았다.

미로는 문을 두드렸다. 안에서 "이 시간에 누굴까?" 하는 소리가 낮게 들려왔다. 문으로 다가오는 발소리가 들렸고, "누구십니까?"라는 소리와 함께 문이 열렸다. 어두운 바깥에 눈이 익숙해지자, 미로 아빠는 말문이 막혔다. 누군가 섬세하게 귀를 기울였다면, 섬돌에 큰 눈물방울과 작은 눈물방울이 함께 떨어지는 소리를 들었을 것이다.

미로는 아빠 품에 안겼다. 눈물의 둑이 터졌다. "엄마를 만났어요!"라는 말이 몇 번이나 흘러나왔고, 미로 아빠는 터진 눈물의 말을 모두 알아들었다. 이야기꾼은 미로와 미로 아빠가 오랫동안 애틋한 인사를 나누는 것을 바라보았다. 한참의 시간이 흐른 뒤에야 미로 아빠는 정신을 차리고 이야기꾼에게 인사를 드렸다.

"미로를 데리고 다니시느라 고생 많으셨어요. 저녁을 드시고 가세요. 많이 피곤하신데 당장 요리를 하실 수도 없잖아요. 오늘은 잠도 저희 집에서 주무시고 가세요. 이제 올라가셔서 불을 피우면, 집안에 온기가 돌기까지 한참 걸릴 거예요."

"아닐세, 저녁은 이곳에서 먹고, 잠은 집에서 자려네. 오늘 저녁은 미로와 자네가 할 얘기가 많을 걸세. 그걸 방해할 수는 없지. 아직 이른 시간이니 저녁을 먹고 올라가도 집을 따뜻하게 할 시간은 충분할 것 같네."

함께 저녁을 먹고 이야기꾼은 미로네 집을 나섰다. 미로와 미로 아빠는 골목을 지나 성큼성큼 언덕을 오르는 구루 이야기꾼의 뒷모습이 커다란 느티나무 같다는 생각을 했다. 골목 끝 집에서 흘러나온 불빛에 비친 이야기꾼의 그림자가 골목에 길게 드리워졌다. 마을을 지키는 수호 나무의 그림자와 비슷했다.

3부

19. 외삼촌의 기록을 덮으며

여기까지가 외삼촌이 기록해둔 미로의 이야기다. 외삼촌은 내게 남긴 편지에서 미로의 이야기에서 놓친 게 있을지 모른다는 걱정의 말을 남겼다. 기억의 손바닥에 미로가 담아준 이야기가 찰랑거리면서도 온전히 남아 있었으면 좋겠지만, 조금은 흘려버렸을지 모른다고, 하지만 흘려버린 걸 채우기 위해 덧붙인 건 없다고, 남의 이야기를 전하면서 자기 것처럼 마음대로 할 수는 없다고 했다. 고친 것이 있기는 한데, 호수세계에서 사용하는 길이, 폭, 숫자를 세는 단위를 이해하기 쉽게 우리 세계 기준으로 바꾸어놓은 것뿐이라고, 그 정도는 충분히 용서가 될 것으로 안다고 했다.

미로의 이야기를 전부 듣지는 못했지만 외삼촌이 남겨둔 기록이 미로의 이야기 그대로라는 걸 조금도 의심하지 않는다. 엉뚱한 상상을 자주 하지만, 외삼촌이 남의 이야기를 멋대로 바꿔놓는 사람이 아니란 건 잘 알고 있다. 이건 우리 집안 혈통을 두고 맹세할 수 있다. 엉뚱하고, 수학과 과학은 젬병이지만, 사기를 치지는 않는다.

이야기 속의 미로는 고작 열한 살인데, 나이에 비해 생각이 조숙하고 너무 의젓한 거 아니냐고, 꾸민 이야기가 아니냐고 의심할 수 있다. 나도 그런 의심을 외삼촌에게 말했던 적이 있다. 그때 외삼촌은 이렇게 답해주었다. 지나간 이야기는 지나간 나이로 남겨지지는 않는다고, 열한 살 미로의 여행은 열다섯 살의 미로가 들려준 것이니, 아마 여행도 열다섯 살이 되었을 거라고. 그래서 사람은 자주 이야기를 남겨놓아야 한다고 했다. 이야기를 많이 남기지 않다가, 나이가 예순 살이 되어서 이야기를 남긴다면, 그 사람의 다섯 살, 스무 살, 마흔 살의 이야기가 예순 살의 이야기에 모두 섞여버리는 거라고 했다.

외삼촌의 이야기를 듣고, '그럼 뭐야? 글을 쓰라는 건가? 자기 나이의 이야기를 갖는 건 계속해서 글을 남기는 작가들뿐이란 건가?' 하고 속으로 억울해했다. 하지만 외삼촌 이야기가 맞는지 모른다. 다섯 살의 이야기는 다섯 살이 제대로 알 수 있을 테니까.

미로의 이야기를 읽은 독자들이 이상하게 생각할 것은 또 있다. 미로가 들려준 이야기를 전한 것인데, 너무나 생생하게 설명한 것이 의심스럽다고 말이다. 충분히 이해가 가는 의심이지만 설명하기 어렵다. 미로의 이야기를 듣고 있으면 마치 영화를 보는 것처럼 모든 장면이 눈에 선명하게 그려졌다. 영화 속 장면에서 배우가 풍경을 설명하지는 않지만, 우리는 영화를 보고 난 뒤에 풍경을 기억한다. 그건 하나도 이상해하지 않으면서 미로의 이야기 속 풍경을 의심한다는 건 말이 안 된다. 아닌가?

아무튼 호수세계의 이야기꾼들에게는 우리가 사는 세계의 사람들이 도저히 이해할 수 없는 신비한 능력이 있는 것 같다.

아, 하나 더! 우리가 미로와 어떻게 그토록 자연스럽게 대화를 나눌 수 있었는지도 궁금하실 거 같다. 지금 생각해보면 미로는 우리말을 한 것 같지 않다. 그런데 어떻게 대화가 가능하냐고 의심을 품으실 만하다. 솔직히 우리도 어떻게 된 일인지 설명할 수 없다. 무명작가인 외삼촌도 모르겠다고 했다. 미로와 우리가 이야기를 나누고 있을 때 공간 속에 비밀스러운 통역 장치가 있어서 미로와 내가 눈치채지 못할 정도로 자연스럽게 대화를 이어주고 있었는지도 모른다.

그게 아주 불가능할까? 어느 과학자가 청각을 잃은 사람이 입는 특수한 조끼를 만들었는데, 누군가가 말을 하면 조끼에 설치된 음성을 인식하는 장치가 소리를 구별하여 진동이 울린다. 그러면 조끼를 입은 청각을 잃은 사람은 진동의 크기에 따라 앞에 있는 사람이 어떤 말을 하는지 알게 된다. 귀로만 소리를 들을 수 있다고 생각하지만, 몸의 다른 부분으로도 소리를 들을 수 있기 때문이다. 실제로 소리를 듣는 것은 귀가 아니고 뇌가 하는 일이다.

한 회사에서는 앞을 볼 수 없는 사람이 그림을 그릴 수 있도록 해주는 장치를 발명했다. 그런데 그림을 보게 해주는 장치를 혀에 연결했다. 혀가 맛을 보는 것만이 아니라, 진짜 사물을 보게도 해준 것이다.

뭐, 이런 걸로 설명을 하면 안 될까? 음…… 좀 이상한 설명이기는 하다. 모르겠다. 자꾸 얘기해봐야 헛소리로밖에 들리지 않을 것 같다. 하지만 분명히 다시 말하는데 미로와는 말로 대화를 나누었다. 어쩌면 호수세계 사람들도 정말로 우리와 같은 말을 사용하고 있는지 모른다.

그나저나 우리 세계는 외삼촌이 기록해놓은 미로네 호수세계의 이야기를 받아들여, '이해'로 녹여낼 수 있는 능력이 있을까? 숙제를 해결할 수 있을까? 아무리 생각해도 해결하지 못할 것 같다. 그 때문에 외삼촌이 잠적한 건지도 모른다. 미로의 이야기를 적어놓은 기록과 우리 세계 사이에서 엉거주춤하다가 나한테 떠넘기고 도망쳐버린 것이다.

외삼촌이 에펠탑이 수학적 상상력과 과학적 상상력에 양다리를 걸치고 엉거주춤 똥을 싸고 있다고 한 얘기가 떠오른다. 그때 싼 똥이 예술적 상상력이라고 했는데, 미로의 이야기가 예술적 똥이 되어 냄새를 풍기게 될 것 같으니까 도망가버린 것이다. 아닌가?

아무튼 미로와 이야기꾼들은 우리 세계의 시인이거나 소설가일 것이다. 입만 열면 멋진 표현들이 꽃처럼 피어났다. 이야기에서 향기를 맡은 적도 한두 번이 아니었다. 이야기가 향기를 뿜는다는 것이 믿어지지 않겠지만 사실이다! 분명히 맡았다! 나는 사단 이야기꾼 같은 사람이 아니다!

미로는 멋진 이야기꾼이 되고 싶어했다. 호수세계의 이야기꾼이 되는 것은 분명 우리 세계에서 시인이나 소설가가 되는 것보다 더 멋지고, 더 중요한 일일 거라는 생각이 들었다.

미로를 만나고 난 뒤에 사람들의 이야기를 많이 듣는다. 한동안 멀리했던 소설책도 많이 읽게 되었다. 엄마와 아빠가 준 『아라비안나이트』 완역판을 읽고 한동안 헤매다가, 자신들이 읽지도 않은 책을 아이들에게 던져주는 어른들이 아주 못마땅해서 책을 읽지 않았다. 그런 어른들에게 반발하고 투쟁하느라 책을 읽지 않다가, 결국 그런 어른들 같은 꼴이 될지도 모르겠다는 생각도 들었지만 어쩔 수 없다고 생각했었다.

미로를 만난 뒤로 마음을 고쳐먹고 책을 읽게 되었다. 하지만 거기까지다. 외삼촌처럼 작가가 되려는 생각은 없다. 십중팔구 외삼촌처럼 무명작가가 돼서 냉동 돈가스나 대접하게 될지도 모르니까. 그러기는 싫다. 나는 냉동 돈가스가 싫다!

돈가스 이야기가 나와서 떠오른 게 있다. 지금도 미로가 첫 식사를 한 뒤 보인 충격적인 반응을 잊을 수 없다. 돈가스를 한 입 먹고 난 뒤에 어떤 걸로 만든 음식이냐고 물었을 때, 외삼촌은 별생각 없이 돈가스는 돼지고기로 만든 것이라고 대답했다. 미로는 독이라도 먹은 듯한 표정으로 변해서 돼지고기가 뭐냐고 물었다. 설명을 듣고, 자신이 먹은 게 뭔지 알게 된 미로는 몸을 떨면서 눈물을 흘리기 시작했다.

미로가 한참 뒤에 진정을 하고 나서야 이유를 알았다. 호수세계에서는 '폭포너머 호수마을'이라고 부르는 단 하나의 마을에서만 육식을 한다는 것을, 그리고 그 마을은 다른 호수마을들과 어떤 왕래도 없이, 심지어는 이야기꾼들 사이의 왕래도 없이 살아가고 있다는 것을.

이후부터 미로는 밥과 두부와 치즈만을 먹었다. 소의 젖으로 만든다는 설명과 설득으로 먹게 할 수 있었다. 치즈가 호수세계 사람들이 유일하게 먹는 동물성 지방이었다. 호수에 살면서도 그 흔한 물고기조차 먹지 않았다. 그러고도 건강하게 사는 이유는 호수세계 어느 곳이든 다양한 콩들이 풍성하게 자라고 있기 때문이었다.

식물도 생명 아니냐는 내 말에 미로는, 식물은 생명을 주고받는 관계이기 때문에 먹을 수 있지만, 동물을 먹는 것은 생명을 주고받는 관계가 아니라고 했다. 생명을 빼앗기만 하는 것은 이야기꾼들이 전해야 하는 이야기도 아니고, 만들어져서도 안 되는 이야기라고 했다. 호수세계의 눈으로 본다면 우리 세계는 '폭포너머 호수마을'보다 더 경악할 만한 세계였을 것이다.

아무튼, 책을 읽는 건, 혹시 나도 어딘가에서 길을 잃어 다른 세계 사람들을 만나게 될지도 모르고, 그렇게 되면 그 세계 사람들에게 우리 세상의 이야기를 해주어야 할 테니 미리 대비하기 위해서다.

외삼촌도 사라져버려서, 주말이 되면 미로를 만났던 곳을 혼자 찾아간다. 미로를 다시 만나서 다른 여행 이야기도 듣고 싶고, 애린 형 사건에 대해 알게 되었는지도 묻고 싶다. 하지만, 세상의 모든 이야기가 반드시 완결되지는 않는다는 걸 알고 있다. 세상의 모든 이야기가 완결되었다면 전 세계의 도서관이 소설로 가득차서 지구가 한쪽으로 기우뚱했을 것이다. 23.5도가 아니라 40도쯤 기울어져서 지구가 난리가 났을 것이다. 완결되지 않은 이야기들이 많은 게 지구에게 얼마나 다행스러운 일인지 모르겠다.

언젠가 외삼촌은 '존 버거'라는 사람이 했다는 이야기를 들려준 적이 있다. 처음에는 새로운 햄버거를 만든 사람 얘기인 줄 알았다. 아무튼 햄버거인지 뭔지 하는 그 사람이, 이야기에는 보이지 않고 숨은 것을 다루는 것이 있는데, '내향적인 범주'라고 했다는 거였고, 그런 이야기는 절대 끝나지 않는다는 거였다. 내향적인 범주라…… 내가 좀 내성적이긴 하고, 자려고 누우면 머릿속에서 온갖 상상이 끝도 없이 이어지는데 그런 거하고 비슷한 건가?

잘 모르겠다. 사실 지구가 덜 기울어졌든, 이야기가 끝나든, 끝나지 않든 그게 문제가 아니다. 아직 외삼촌을 찾지 못한 게 가장 큰 문제다. 언제나 코앞의 문제가 가장 심각한 거다.

모악산에 갔다가 돌아올 때마다 몹시 슬퍼진다. 외삼촌도 문제고, 미로도 문제다. 미로를 만나지 못하는 것과 이야기를 듣지 못하는 것 중에 어느 것이 더 슬픈지는 잘 모르겠다. 실은 똑같이 슬픈 일이다. 사람이 곧 이야기이니까. 외삼촌이 그렇게 말했다.

외삼촌이 남긴 미로의 이야기를 읽으면서 세계의 크기에 대해서 여러 차례 생각해보았다. 생각할수록 우리 세계의 크기가 이해가 가지 않는다. 우리 세계는 78억 명의 세계이고, 미로네 세계는 7만 명의 세계다. 78억과 7만의 세계……

7만이라는 숫자가 어떻게 나온 것인지 궁금해하실 것 같다. 미로가 사는 호수세계에 사는 사람의 수를 추정해서 세어보았다. 가장 큰 마을에 사는 사람의 수가 3000명이면, 큰 호수마을이라고 해도 반드시 숫자가 많아서 큰 호수마을로 분류되는 것은 아니라고 했으니 평균적으로 1500명을 넘지는 않을 테고, 큰 호수마을이 20곳이 넘는 정도라고 했으니 넉넉하게 3만 5000쯤 될 것이다. 작은 호수마을들은 80곳쯤 되는 것 같다고 했으니, 아주 넉넉하게 3만 5000명쯤으로 계산하면 호수세계의 총인구는 7만 명쯤이다. 내가 사는 전주만 해도 65만 명이고, 7만 명이면 전주의 효자동 인구보다도 적다. 인구수로는 효자동보다도 작은 그 세계는 대체 뭘 품고 있을까?

78억 명의 세계와 7만 명의 세계…… 십일만 분의 일밖에 되지 않는 호수세계는 모든 면에서 십일만 분의 일의 의미밖에는 없는 것일까? 엄마를 잃은 미로의 슬픔도, 루미 이야기꾼을 잃은 구루 이야기꾼의 슬픔도, 애린과 수미의 슬픔도 십일만 분의 일의 슬픔일까? 호수세계에서 전해지고 전해지는 이야기도 고작 십일만 분의 일에 불과한 걸까?

그런데 왜 미로가 사는 세계가 우리 세계에 비해 조금도 작지 않다는 생각이 드는 걸까? 요즘 인구가 줄고 있다고 난리다. 인구가 줄면 세계가 줄어드는 걸까? 한 세계가 갖고 있는 의미들이, 이야기들이 줄어드는 걸까?

외삼촌의 기록을 읽으면서, 구루 이야기꾼이 미로에게 들려준 이야기들이 너무 무겁고, 어렵고, 의미들만 가득한 건 아닌가 하는 생각이 여러 번 들었다. 왜 호수마을 사람들은 농담도 별로 하지 않고, 진지한 이야기만 하는 걸까 하는 생각을 하곤 했다. 하지만 그게 나쁜 걸까? 혹시 78억 명의 세계에서 거품을 빼고 나면, 7만 명쯤이 들어가는 세계가 나타나는 건 아닐까? 호수세계는 거품이 사라진 최소한의 세계이고, 우리 세계는 거품으로 부풀린 최대한의 세계는 아닐까?

외삼촌은 미로의 이야기를 듣고 언젠가 내게 이런 말을 했다. 미로가 자신을 충만의 세계와 결핍의 세계 사이에 던져놓은 것 같다고 말이다. 심드렁한 날이어서 대꾸를 안 했는데, 지금 생각해보니 궁금하다. 어느 쪽이 충만의 세계고, 어느 쪽이 결핍의 세계일까?

에이, 모르겠다. 도대체 왜 외삼촌은 돌아오지 않는 걸까? 대체 어디로 잠적한 걸까? 아무튼 엄마도, 아빠도, 외삼촌도 자기들도 잘 모르는 걸 나한테 떠넘기는 데는 달인이다. 엄마, 아빠는 『아라비안나이트』 원전을 내가 열한 살 때 떠넘겼다. 셰에라자드는 목숨을 걸고 이야기를 했다. 더구나 남편인 샤푸리 야르 왕이란 작자는 셰에라자드와의 사이에 아이까지 낳았으면서도 얘기가 재미없으면 목을 자르려고 했다. 그런 살벌한 이야기를 선물처럼 나한테 떠넘겼다.

그 누나에 그 동생이라고 외삼촌은, 셰에라자드가 목숨을 건지려고 지지고 볶은 한 집안의 이야기가 아니라 미로에게 들은 호수세계의 이야기를 떠넘기고 사라졌다. 진짜 대책 없이 무책임한 집안이다! 나중에 결혼을 하기는 해야 할까? 마음에 들지 않지만, 내 핏속에도 '무책임'이 흐르고 있을지도 모른다. 나도 나중에 내 아이한테 세상을 한 뭉텅이 떼어내서 대책 없이 떠맡기고 사라질까봐 겁난다.

아무튼 미로가 생각날 때마다 책을 읽는다. 구루 이야기꾼도 '인생에서 이야기를 갖지 못하는 것만큼 불행한 것은 없다'라고 하셨단다. 그 말씀 때문이 아니더라도 이야기는 많은 게 좋다. '시간은 이야기로 채워져야 가장 빛이 난다.' 이건 외삼촌이 해준 말이다. 외삼촌이 보고 싶다. 외삼촌이 돌아온다면, 냉동 돈가스만 준 것에 대해 다시는 불만을 제기하지 않을 생각이다.

구루 이야기꾼은 '아이들의 시간은 이야기를 통해 자란다'라는 말씀도 하셨다는데, 정말 옳은 말씀이다. 아쉽다. 구루 이야기꾼이 시간의 비밀에 대해 알게 된 것들을 미로에게 얘기해주겠다고 했다는데, 정말 중요한 이야기일 것 같은데, 들을 수 없을 것이다.

외삼촌은 "이야기가 소수의 취향이 되어 외딴 골목으로 몰이를 당한 시대가 되었다"라고 말한 적이 있다. 솔직히 무슨 말인지 모르겠다. 광장이며 카페며, 어딜 가든 사람들이 모여서 이야기를 나누고 있는데, 이야기가 소수의 사람들이 즐기는 놀이거리가 되었다는 게 말이 되나? 그것도 외딴 골목으로 내쫓겨서 즐기는 게 되었다니! 그건 즐기는 게 아니고 패배자들끼리 구석에 모여서 서로의 서글픔을 오징어 다리 씹듯이 질겅거리는 거 아닌가? 외삼촌은 진짜 이상하다! 그래도 외삼촌이 보고 싶다.

서로 통하는 전화가 있으면 얼마나 좋을까. 외삼촌은 이상하게도 전화를 두고 갔다. 호수마을에는 전화가 없다. 미로가 호수세계에는 호수를 건너 뛰어다녀야 할 정도로 바쁠 일이 없다고 했던 말이 생각난다. 급하게 알릴 일이 있으면 바람처럼 빨리 달리는 청년들이 가서 알리면 되고, 그보다도 급한 일이 있을 때는 겅중거리는 당나귀를 타고 달려가서 알리면 된다고 했다. 호수를 건너 뛰어넘어야 할 만큼 바쁜 세상이 있다면 그런 세상이 이상한 것 같다고 했다. 그 말을 듣고 말문이 막혔던 순간이 다시 생각난다. 외삼촌은 기껏해야 겅중거리는 게 가장 빠른 세계로 달아나고 싶었던 걸까? 그래서 전화를 두고 간 걸까?

미로는 '스마트폰'이란 이름이 무슨 뜻이냐고 물었다. 외삼촌이 '영리한 전화'라고 말해주자, 사람의 말을 전해주는 물건이 왜 영리해야 하는지 모르겠다고 의아해했다. 사람이 영리하면 되는데, 왜 물건이 영리해야 하는지 모르겠다고 말할 때의 미로의 표정이 너무 진지해서 우리는 그 말에도 말문이 막혔었다.

미로를 만난 이후에 내가 미로였으면 하는 마음이 들었다. 이야기꾼이 어떤 존재일까 싶어서, 외삼촌이 말한 마나스치, 그리오, 임봉기, 카이치에 대해서 알아보았다. 마나스치에 대한 정보를 읽다가는 뒤로 나자빠질 뻔했다. 하나도 읽어보지 않은 것들이지만, 인류 최초의 서사시라는 『길가메시』가 3500행이고, 『오디세이』는 1만 2110행, 『일리아스』는 1만 5693행인데, 마나스치가 들려주는 「마나스」는 50만 행이라고 했다. 50만 행이 얼마나 되는지 감이 오질 않아서, 책 한 권의 행이 얼마나 되는지 세어보니 7000행쯤 되었다. 50만 행이면…… 70권이다! 그걸 전부 외워서 들려준다고 했다. 헉, 그게 인간인가?

『뿌리』—이 책도 안 읽었다—를 쓴 알렉스 헤일리가 만난 그리오는 200년이 넘는 역사를 줄줄 외웠다고 했다. 그런 존재들을 알고 나니, 미로네 세계의 이야기꾼들이 얼마나 되기 힘든 존재인지 알게 되었다.

제왕나비는 또 어떻고! 제왕나비 호수마을이 있다는 걸 읽고 검색을 해보았는데, 또 한번 경악했다. 멕시코 시에라친과 산 전나무 숲을 출발한 제왕나비들이 미국 북동부와 캐나다까지 5000킬로미터를 날아가는데, 정작 돌아오는 것은 날아간 나비들이 아니라 그들의 후손이라는 것이었다. 날아간 제왕나비들이 알 속에 자신들이 알고 있는 이야기를 얼마나 깊이 새겼기에 태어난 나비들이 제 부모가 날아온 곳으로 길을 잃지 않고 다시 돌아갈까 하고 생각하며 입이 다물어지지 않았다.

나비들의 전설 같은 이야기는 멕시코를 출발한 제왕나비만 가진 것이 아니었다. 아프리카 중부에서도 '작은멋쟁이나비'들이 사하라사막과 지중해를 건너 유럽 북부까지 6000킬로미터를 날아가서 봄과 여름을 지내고, 유럽에 가을이 오면 다시 아프리카로 돌아온다고 했다. 그 작은 몸으로 품은 이야기가 어느 정도일지 상상이 되지 않았다.

그런 이야기들을 알고 나니, 이야기꾼은 감히 꿈도 꿀 수 없는 존재지만, 그래도 이야기꾼과 호수를 여행하는 소년이었으면 좋겠다는 생각이 들었다. 엄마를 잃은 것은 빼고. 하지만 언젠가는 나도 사랑하는 사람들과 헤어지게 될 것이다. 그때를 위해서라도 그리움거울 호수가 있는 곳을 알아두고 싶다. 사랑하는 사람들을 만나야 하니까.

하지만 호수세계에 갈 수 있어야만 그리움거울 호수에 갈 수 있다. 나는 꽃들의 숨안개에 갇혀 빙빙 돌 게 뻔하니, 사랑하는 사람을 잃기 전에 마음을 전해두는 게 최선일 거 같다. 마음을 미리 전해놓는다면, 사랑하는 사람들을 잃지 않을지도 모르니까. 엄마한테 카톡 해볼까?

얘기를 하다보니 외삼촌이 미국의 가장 위대한 시인이라고 하는 월트 휘트먼의 어느 시 구절을 읽어준 기억이 난다. 도서관에서 찾아보니 월트 휘트먼의 「나 자신의 노래」라는 시에 나오는 구절이었다.

> 나는 이야기꾼들이 말하는 것을 들었다…… 그것은 시작과 끝에 관한 이야기,
> 그러나 나는 시작이나 끝에 대하여 말하지 않는다.
> 지금 있는 것 이상의 시작은 결코 없었고,
> 지금 이상의 젊음이나 늙음도 없었다.
> 또한 지금 이상의 완벽함은 없을 것이며,
> 지금 이상의 천국이나 지옥도 없을 것이다.

외삼촌은 월트 휘트먼의 시 구절 읽어주면서, "진정한 이야기꾼이라면 시작과 끝에 대해서는 말하지 않아야 한다. 진정한 이야기는 우주가 시작된 것처럼, 우주가 언제 끝나는지 알 수 없는 것처럼 시작도, 끝도 알 수 없다. 우주의 시작과 끝을 말하지만, 그건 우리의 생각과 계산을 뛰어넘는 세계에 있다.

이야기를 품은 존재는 우주하고 비슷하다"라고 말했다. 무슨 소린지 하나도 모르겠다.

미로는 떠났고, 외삼촌도 사라졌다. 그 둘이 사라진 뒤에 내게 남겨진 것은 문자로 기록된 이야기가 전부다. 미로가 사는 호수세계 이야기는 외삼촌의 문자 속으로 들어갔다. 하지만 문자 속으로 들어간 호수세계 이야기는 언제 다시 문자 밖으로 나올지 알 수 없다. 나온다 하더라도 문자 속으로 들어갔던 그 이야기는 아닐 것이다. 애초에 호수세계의 이야기는 외삼촌의 문자 속으로 들어간 적이 없었을지도 모른다. 내가 점점 이상해지는 것 같다. 외삼촌이 사라지면서 외삼촌의 이상한 생각이 차지하고 있던 공백을 메우려고 그러는지도 모르겠다.

어른들은 자주 우리들에게 '네 마음속의 세계'를 위해 사는 게 정답이라고 훈계를 한다. 가기 힘든 세계는 마음속의 세계 같은 곳일 텐데, 그런데 정작 어른들은 왜 죽어라 그런 세계에 가려고 하는 걸까? 그냥 내버려두면 안 되는 걸까? 어쩌면 그 세계들도 얼마 전에 읽어서 알게 된 좀머 씨처럼 "나를 좀 제발 그냥 놔두시오!"라고 소리치고 있을지 모른다.

가기 힘든 세계는 아무 이유 없이 만들어지지 않았을 것 같다. 에베레스트산을 그냥 오를 수 없는 것은 가지 말라는 것이고, 알래스카의 설원도 마찬가지다. 죽어도 가야겠다고 하는 사람들이 있지만, 나는 죽을 때까지 그런 사람들을 이해하지 못할 것 같다. 정말 가기 힘든 세계는 지켜져야 할 이유가 있어서 그런 건지도 몰라서다.

이제 마무리를 해야겠다. 그리고…… 비밀인데, 어쩌면 외삼촌이 어디로 갔는지 알아낼 수 있을 것 같다. 얼마 전 안개가 몹시 낀 날, 미로를 처음 만난 곳에서 뭔가 이상한 걸 발견했다. 호수세계로 갈 수도 있고, 미로를 만날 수 있을지도 모른다. 하지만 절대로 발견한 걸 알려주지는 않을 생각이다. 화를 내도 어쩔 수 없다. 절대 알려줄 수 없다!

요즘, 외삼촌처럼 여행을 가고 싶은 생각이 자주 든다. 외삼촌이 부럽다. 외삼촌이 사라지는 건 내가 사라지는 것보다 훨씬 쉽다. 외할아버지와 외할머니는 벌써 몇 년 전에 돌아가셨고, 엄마와 외삼촌은 딱 둘뿐이다. 외삼촌은 결혼도 하지 않았다. 외삼촌은 무명작가는 결혼 따위는 하지 않는 거라고 거드름을 피우며 말했다. 그때 나는 외삼촌에게 절대 작가는 되지 않을 거라고 말했다. 그래도 혹시 작가가 된다면 유명 작가가 되지 무명작가는 되지 않겠다고 했다. 외삼촌은 그런 나를 보며 낄낄 웃더니, 더욱 거드름을 피우면서 무명작가는 되고 싶다고 되는 게 아니라고 했다. 나 참 어이없어서…… 그게 그렇게 어려운 건가?

외삼촌이 사라졌는데도 세상은 외삼촌이 궁금한 것 같지 않다. 내가 사라져도 세상이 궁금해할 것 같지 않지만, 비둘기 같은 처지이긴 해도 엄마와 아빠는 걱정할 것이다. 그런 일은 만들고 싶지 않다. 그래도 혹시 모를 일이다. 나도 외삼촌처럼 갑자기 여행을 떠날 수 있다. 그럴 경우를 대비해서 미리 작별인사를 해두어야겠다.

그럼, 이만 안녕!

여행에서 돌아오지 않을 수도 있으니, 미리 한번 더 안녕!

이야기와 소리들은 어디로 갔나

초등학교 시절, 별을 한참 올려다보고 있으면 귀가 웅웅거리며 아파왔다. 귀가 운다고 했을 때, 할머니는 "네 짝이 죽어가는 소리"라고 말했다. 그 소리는 그 아이의 울음소리라고 했다. 나는 귀에서 웅웅거리는 소리가 들릴 때마다 슬픔에 빠졌다. 나는 알지도 못하는 사연 속에서, 왜 그렇게 많은 나의 짝들이 사라지고 있는지 이해할 수 없었다. 만나보지도 못하고 떠난 짝들의 이야기를 상상하며 초등학교 시절이 지나갔다.

이명(耳鳴)의 이야기로만 보내지 않았다. 초등학교 시절, 낮 동안 고모 댁에 머물다 저녁이 되어 집으로 돌아갈 시간이 다가오면 사촌누나들은 서로 눈빛을 교환한 뒤에 귀신 이야기를 시작했다. 그만하라고 아무리 애원해도 들어주지 않았다. 달걀귀신, 자신의 발에 맞는 신발을 찾아 나선 귀신, 공동묘지를 배회하는 귀신이 틀어막은 귓속으로 자꾸 비집고 들어왔다.

귀신들만이 아니었다. 구미호와 개호주는 너를 앞뒤로 세 번을 뛰어넘어 정신을 잃게 만들 거라고, 절대 세 번을 뛰어넘게 하면 안 된다고 말했다. 정작 사촌누나들은 바짝 얼어 있는 나를 바라보며 세 번을 넘게 배를 잡고 방을 뒹굴었다. 구미호들 같았다. 그때 꼬리가 있는지 확인했어야 했다.

귀신 이야기를 듣고, 요동치는 가슴을 억누르며 집으로 돌아가는 칠흑 같은 시골의 밤길은 소리들로 가득했다. 그 소리들은 대부분 낮에도 존재했던 소리들이었다. 낮에는 친근했던 그 소리들이 공포로 다가왔다. 심지어는 내 발자국 소리조차 공포를 만들어냈다. 뒤에 바짝 따라붙어 도무지 떨어질 줄 몰랐다. 사박사박거리는 발자국 소리를 그림자는 갖고 있었던 모양이다.

달빛에 의지해 돌아간 날도 많았지만, 희미한 별빛에 의지해 돌아가는 날들도 있었다. 그런 날에는 온갖 형상들이 서걱거리는 발자국 소리를 내며 어찌나 뒤따라오던지!

달빛을 받으며 돌아간 날이 덜 무서웠던 건 아니었다. 세상 모든 것들이 그림자를 가졌다는 것을 그때 깨달았다. 세상 모든 것들이 해가 준 그림자와 달이 준 그림자를 가졌다는 것도 깨달았다. 해가 준 그림자와 달이 준 그림자가 다른 이야기를 품고 있다는 것도 깨달았다. 깨닫기는 했지만, 이야기를 제대로 듣지는 못했다. 그림자들이 건네는 이야기를 차분하게 들을 만큼 키도, 마음도 제대로 자라지 않은 시절이었으니까.

너무 일찍 깨닫는 것과 너무 늦게 깨닫는 것은 어떤 차이가 있을까. 너무 늦게 깨달으면 '후회'라는 것이 생긴다고 하는데, 너무 일찍 깨달으면 무엇이 생기는 걸까. 누군가는 '철'이라는 게 생긴다고 했는데, 나는 그걸 말하려는 게 아니다. 내가 본 그림자는 분명 '철'이 아닌 다른 것의 그림자였으니까.

다른 게 어떤 것인지는 모르겠지만, '후회'와 마주앉으면 무슨 이야기인가를 나눌 것 같다. 그 둘이 나눈 이야기를 합치면, 적당한 시절이 찾아오는 것인지도 알 수 없다. 어쩌면 시간의 세 자리가 모두 존재하기 때문에 이야기가 계속 이어지는 것인지도 모른다. 그러니 어느 한쪽에 귀를 더 기울일 생각은 없다.

세계는 이야기로 만들어졌다. 이야기의 벽돌을 쌓아, 울타리를 만들고, 다리를 만들고, 집을 만들고, 마을을 만들었다. 어느 봄날, 돌담에 손을 얹으니 돌담이 따뜻했다. 햇살 때문만이 아니었다. 수런거리는 소리가 손을 타고 스멀스멀 올라오는 것이 느껴졌으니까. 개미도 아니었고, 무당벌레도 아니었다.

이야기들이 햇살과 잡담을 나누느라고 돌담의 몸이 그렇게 열에 달아 있었고, 손을 얹자 내 몸의 끝으로 올라가 무당벌레처럼 날아오르려고 그랬던 것이다.

세계가 있어서 이야기가 만들어지기도 한다. 호수의 세계, 모래의 세계, 거대한 바오밥나무의 세계, 소금호수의 세계, 몇 달 동안 눈발이 날리는 세계, 눈이 시리게 펼쳐진 초원의 세계……. 그 세계들이 모두 이야기를 만들었다. 누군가는 한 세계의 이야기를 들었고, 누군가는 운좋게 여러 세계의 이야기를 듣기도 했다. 어쩌면 누군가는 한 세계의 이야기조차 듣지 못했을 수도 있다. 불행하다는 말은 그때 사용해야 하는지도 모른다.

보이는 세계와 보이지 않는 세계도 있다. 귀신 이야기를 듣고 집으로 돌아가던 밤길의 세계가 그걸 알려주었다. 낮에는 눈의 세계였는데, 밤에는 귀의 세계였다. 그런 세계가 시골 고향만한 크기가 아니라, 호수 백 개쯤의 크기로 존재할 수도 있다. 말할 수 있는 세계와 말할 수 없는 세계가 분명히 있다.

우리 몸의 세계만 해도 그렇지 않나. 눈의 세계, 귀의 세계, 코의 세계, 손가락의 세계, 발가락의 세계들이 있다. 그 세계들이 어떻게 같은 언어로 이야기를 하고 있다고 철석같이 믿고 있는 것인지 너무 안타깝다. 아직 문자가 탄생하지 않았기 때문에 말할 수 없는 세계가 분명 있을 것이다.

자주 밤길을 걷는다. 밤길을 걷다가, 새소리와 벌레 소리, 바람소리 사이에서 이상한 삐거덕거리는 소리를 듣곤 했다. 오랫동안 그 소리의 정체가 무엇인지 궁금했다. 가까이 다가가면, 귀뚜라미처럼 소리를 멈추었다. 어느 날 작심하고 같은 자리에 앉아 오랫동안 귀를 기울였다. 시간이 한참 지나 내가 귀를 기울이고 있다는 것을 잊고 말았는지 조심스럽게 소리는 다시 시작되었다. 그 소리는 이야기들이 만든 세계가 사그라지는 소리였다. 그 소리를 들은 후에 이야기 벽돌을 만드는 직공이 되기로 했다. 햇살이 좋은 날만 바쁜 게 아니다. 햇살 좋은 날, 비 오는 날, 달이 뜬 날, 달이 뜨지 않은 날에 만든 제각각의 이야기 벽돌들을 사러 오는 이들이 있으니 말이다.

작가는 이야기를 짓는 사람이라고 한다. 하지만 그렇지 않을 수도 있다. 다른 세계에서 들은 이야기를 받아 적어 전해주는 사람일 수도 있다.

2021년 5월

천세진

천세진
시인, 문화비평가. 고려대 영문학과 졸업.
시집 『순간의 젤리』, 『풍경도둑』, 문화비평서 『어제를 표절했다』를 펴냈다.
freit@naver.com

이야기꾼 미로

초판 인쇄 2021년 6월 8일
초판 발행 2021년 6월 18일

지은이 천세진 | 펴낸이 신정민

편집 이희연 신정민 | 디자인 윤종윤 이주영 | 저작권 김지영 이영은
마케팅 정민호 김경환 | 홍보 김희숙 김상만 함유지 김현지 이소정 이미희 박지원
모니터링 이원주 | 제작 강신은 김동욱 임현식 | 제작처 상지사

펴낸곳 (주)교유당
출판등록 2019년 5월 24일 제406-2019-000052호

주소 10881 경기도 파주시 회동길 210
문의전화 031) 955-8891(마케팅), 031) 955-3583(편집)
팩스 031) 955-8855
전자우편 gyoyudang@munhak.com

ISBN 979-11-91278-47-7 43810